AF187116

Christoph von Schmid

Ludwig, der kleine Auswanderer

Das Lämmchen

Das hölzerne Kreuz

Drei Erzählungen

Christoph von Schmid: Ludwig, der kleine Auswanderer / Das Lämmchen / Das hölzerne Kreuz. Drei Erzählungen

Neuausgabe
Herausgegeben von Karl-Maria Guth
Berlin 2017

Erstdruck dieser Zusammenstellung: Regensburg, Manz, 1885.

Umschlaggestaltung von Thomas Schultz-Overhage unter Verwendung des Bildes: Camille Pissarro, Schäferin mit Schafen, 1887

Gesetzt aus der Minion Pro, 11 pt

Verlag: Henricus - Edition Deutsche Klassik GmbH
Mörchinger Str. 33, 14169 Berlin, info@henricus-verlag.de
Druck: Libri Plureos GmbH, Friedensallee 273, 22763 Hamburg

ISBN 978-3-7437-0456-5

Bibliografische Information der Deutschen Nationalbibliothek

Die Deutsche Nationalbibliothek verzeichnet diese Publikation in der Deutschen Nationalbibliografie; detaillierte bibliografische Daten sind im Internet über www.dnb.de abrufbar.

Ludwig, der kleine Auswanderer

1. Das verirrte Kind im Wald

Lorenz Linder, der Pächter eines kleinen Landgütchens zu Ellersee, war mit Anbruch der Morgenröte in den Wald gegangen und hatte den ganzen Tag hindurch Holz gefällt. Als die Sonne sich zum Untergang neigte, machte er sich, mit einem großen Büschel Reisholz auf dem Rücken und mit seiner Axt über der Schulter, auf den Weg nach Hause. Da hörte er aus einem Dickicht des Waldes eine kläglich jammernde Stimme. »Ach«, sagte Lorenz voll Mitleids, »das ist ein Kind, das sich in dem Wald verirrt hat. Ich will es aufsuchen und auf den rechten Weg führen.«

Er drang mit Mühe durch das verwachsene Gesträuch und kam auf einen grünen Platz, der rings von Schlehendornen und Haselstauden umgeben war und in dessen Mitte ein großer Eichbaum stand. Unter dem Baum kniete ein holder, lieblicher Knabe von etwa sechs bis sieben Jahren. Der Knabe blickte mit seinen schönen, schwarzen Augen andächtig zum Himmel; die hellen Tränen flossen ihm über die rötlichen Wangen, und seine emporgehobenen Hände waren fest gefaltet. Er war sehr gut und zierlich gekleidet. Sein dunkelblauer Frack war von sehr feinem Tuch; alle übrigen Kleidungsstücke waren weiß wie Schnee. Reichliche schwarze Locken hingen ihm auf die Schultern herab; den Hals trug er bloß, und ein schön gestickter Halskragen vom feinsten Nesseltuch war über das dunkelblaue Kleid ausgebreitet. Der bekümmerte Kleine hatte übrigens weder Hut noch Mütze bei sich. Er wiederholte jetzt die Worte, die er schon mehrere Male laut ausgerufen hatte, noch einmal. »Oh mein Gott, mein Gott«, rief er in französischer Sprache, »erbarme dich meiner!«

Lorenz verstand kein Französisch. Allein der gute Knabe hatte die Worte so rührend ausgesprochen, dass sie dem ehrlichen Lorenz dennoch tief in das Herz drangen. Sobald der weinende Knabe den Mann erblickte, sprang er auf, eilte auf ihn zu, nahm ihn freundlich bei der Hand und bat in gebrochenem Deutsch inständig und flehentlich, ihn zu seiner Mutter zrückzuführen.

Lorenz fragte den Knaben, wo seine Mutter sich aufhalte und wie es komme, dass er sich in diesem Wald verirrt habe. Mit Mühe und öfterem Fragen verstand Lorenz die Erzählung, die der Kleine von seinem Unfall machte, so ziemlich. Der Knabe war aus Frankreich und hieß Ludwig. Seine Eltern hatten, als die Revolution ausgebrochen war, sich nach Deutschland geflüchtet. Ludwig war damals kaum drei Jahre alt gewesen. Sein Vater hatte einen der entflohenen Prinzen begleitet und befand sich gegenwärtig noch unter dessen Gefolge. Die Mutter hatte sich mit Ludwig indessen zu Trier aufgehalten. Als die französischen Kriegsheere sich der Stadt näherten, nahm Ludwigs Mutter auf's neue die Flucht. Auf ihrer Flucht war sie nun heute in einem großen Dorf unweit des Waldes angekommen. Ludwig war mit seiner Mutter vom frühen Morgen bis Mittag in einer Kutsche gesessen, die gedrängt voll Flüchtlinge war. Er wünschte, bis das Essen fertig würde, in dem Garten am Wirtshaus sich eine kleine Bewegung zu machen. Die Mutter erlaubte es ihm, verbot ihm aber ernstlich, sich aus dem Garten zu entfernen. Ludwig versprach, zu gehorchen, und sprang voll Freude und ohne Hut in den Garten hinab. Allein da erblickte er einen Schmetterling von gar prächtigen Farben und wollte ihn fangen. Der Schmetterling flog über die Hecke. Zum Unglück stand die Gartentür offen. Ludwig verfolgte das bunte, flüchtige Tierchen auf die große Wiese, die an den Garten stieß. Nun ließ sich auf einmal in dem nahen Wald der Kuckuck hören. Ludwig hatte unter seinen Spielsachen einen Kuckuck gehabt, der sehr artig aus Holz geschnitzt und mit Farben bemalt war. In dem Gestell, auf dem der Vogel saß, befand sich ein kleiner Blasebalg, durch dessen Bewegung man den Ruf des Kuckucks hervorbringen konnte. Ludwig freute sich sehr, jetzt einmal einen lebendigen Kuckuck zu hören; er wünschte ihn auch zu sehen und dachte nicht mehr an den Schmetterling. Er sprang sogleich hinein in den Wald. Es war aber, als wolle der Vogel ihn nur zum Besten haben; er ließ sich von Zeit zu Zeit auf einem andern Baum tiefer im Wald hören, ohne dass Ludwig das Geringste von ihm sah. So wurde denn der arme Ludwig sehr tief in den Wald gelockt. Es fiel ihm nun doch ein, wieder zu seiner Mutter zurückzukehren. Er lief, so schnell er konnte. Allein er wusste sich nicht mehr zurechtzufinden. Anstatt nach dem Dorf zu laufen, entfernte er sich immer mehr davon. Er irrte mehrere Stunden im Wald umher und geriet zuletzt so tief zwischen Büsche und dornige Gesträuche hinein, dass er keinen Ausweg mehr fand. Ermüdet und von heftigem Hunger gequält, war er unter dem Baum, unter dem ihn Lorenz fand, auf die Knie gesunken und hatte mit heißen Tränen zu Gott gefleht, ihn aus dieser äußersten Not zu erretten.

Lorenz sprach: »Du hast einen großen Fehler gemacht, mein lieber Ludwig, dass du dich durch die bunten Farben eines Schmetterlings und den lustigen Ruf des Kuckucks verleiten ließest, den Befehl deiner Mutter zu übertreten.«

Ludwig nickte treuherzig mit dem Kopf und weinte schmerzlicher.

»Nun, nun«, sagte Lorenz liebreich, »weine nicht mehr! Ich denke, Gott hat deine Reue angesehen und dein kindliches Gebet erhört. Ja, glaube mir, er hat dir verziehen und dir Hilfe geschickt. Danke ihm nun dafür, dem lieben Gott, und versprich ihm, dass du künftig vorsichtiger sein und das vierte Gebot nicht mehr so leichtsinnig vergessen willst. Du hast nun erfahren, wie leicht ein Mensch, der nur seiner Augenlust folgt und jeder lustigen Stimme Gehör gibt, auf Abwege und in große Not geraten könne.«

»Ach«, fügte Lorenz noch bei, »es gibt in dieser Welt noch manche bunte Dinge, die einen Menschen leichter verführen können als ein Schmetterling; und die lockende Stimme der Verführung kann besonders die Jugend in größeres Unglück stürzen als der Ruf des Kuckucks. Gott wolle dich davor bewahren und dich glücklich und unbeschädigt durch diese Welt führen. – Doch nun komm mit mir; ich will dich wieder zu deiner Mutter bringen.«

Lorenz führte den Knaben auf einem schmalen Fußsteig, der nicht leicht zu finden war, aus dem Dickicht heraus auf den gewöhnlichen Weg.

2. Die Nachtherberge

Ludwig ging mit dem freundlichen Mann durch den Wald hin, nach Ellersee zu. Unterwegs fragte ihn Lorenz, wie das Dorf heiße, in dem seine Mutter zu Mittag speisen wollte. Ludwig wusste es nicht zu nennen; er beschrieb es aber. Er sagte, es liege an einem Berg, auf dem ein schönes, großes Schloss aus dem Wald hervorrage.

»Das ist Waldenberg«, sagte Lorenz; »es ist aber über zwei starke Stunden dahin. Du bist zu müde, heute noch so weit zu gehen. Auch hast du nicht zu Mittag gegessen und wirst wohl sehr hungrig sein. Mein Haus ist gar nicht weit von hier. Da musst du mit mir zuerst zu Nacht essen; dann nehm' ich dich zu mir auf ein Pferd, und wir galoppieren miteinander nach Waldenberg. In einer Stunde bist du dann wieder bei deiner Mutter.«

Der lebhafte Knabe freute sich sehr, reiten zu dürfen, was er sich schon lange vergebens gewünscht hatte; allein noch mehr freute er sich, heute noch seine Mutter wiederzusehen. Er hätte vor Freude hüpfen mögen, wenn er nicht so gar müde gewesen wäre.

Sobald Ludwig mit Lorenz aus dem dunkeln Wald herauskam, erblickte er das freundliche Dörflein Ellersee. Es lag an einem kleinen, mit Erlen umkränzten See und war eben jetzt herrlich von der untergehenden Sonne beleuchtet. Das Haus des guten Lorenz war ihnen das nächste, und sie hatten dahin nur mehr einige hundert Schritte.

Lorenzens Ehegattin, Mutter Johanna, kam mit ihrem kleinsten Kind auf dem Arm und von ihren übrigen fünf Kindern umgeben ihrem Mann aus der Haustür entgegen und rief jammernd: »Hast du es schon gehört? Die französischen roten Husaren sind heute mittag in Waldenberg angekommen, und vieles Fußvolk, das ihnen nachzog, hat bereits alle Ortschaften jenseits des Waldes besetzt.«

Lorenz hatte in dem Wald von allem, was in der übrigen Welt vorging, weder etwas gesehen noch gehört. Er war daher über die Nachricht, die französischen Krieger seien so weit vorgedrungen, nicht wenig erstaunt. Noch mehr aber erstaunte die gute Hausmutter Johanna, dass Lorenz schon einen kleinen Franzosen mit nach Hause bringe. Sie betrachtete indes die zarte, liebliche Gestalt des Knaben mit Wohlgefallen. Die Kinder schauten ihn zuerst eine Weile scheu und betroffen an; sie näherten sich ihm aber nach und nach, und die kleine Liese sagte: »Ich dachte Wunder wie fürchterlich die Franzosen aussehen; allein wenn alle so hübsch und freundlich sind wie dieser da, so werden sie uns Kinder wohl nicht fressen.«

Lorenz erzählte seiner Hausfrau, was er von dem Knaben wusste. Sie hatte großes Mitleid mit Ludwig und sagte: »Ach! Da wird der arme Kleine wohl recht hungrig sein; ich will daher machen, dass die Suppe bald fertig werde.« Sie eilte in die Küche. Die Kinder plauderten indes mit Ludwig, und die mangelhafte Art, wie er Deutsch sprach, belustigte alle sehr.

Sobald die Mutter die Suppe brachte, setzte Ludwig sich mit den Kindern sogleich zu Tisch, als wäre er da zu Hause. Mit seiner gewöhnlichen Lebhaftigkeit brachte er den Löffel voll heißer Suppe zum Mund und hätte sich beinahe die Lippen verbrannt. »Ach«, rief er, da ihm das Wörtlein »heiß« nicht sogleich einfiel, »in die Supp' ist viel Sommer!« Die Kinder lachten, allein sie verstanden sehr gut, was er sagen wollte.

Der Vater fragte ihn während des Essens, in welchem Gasthof zu Waldenberg er eingekehrt habe: »In dem goldnen Wildpret!« sagte Ludwig.

»Er meint den goldenen Hirsch«, sprach der Vater und verbot den Kindern ihr lautes Gelächter, obwohl er selbst sich des Lachens nicht ganz enthalten konnte.

Nach der Suppe brachte die Mutter eine große Schüssel voll schöner, rötlicher Erdäpfel. Ludwig schälte ein paar, ließ sie aber unberührt auf seinem Teller liegen. Er war gewöhnt, die Erdäpfel nur als eine Beispeise zu eingemachtem Fleisch zu essen. Er hätte gern ein eingemachtes Huhn gehabt, wusste es aber in diesem Augenblick nicht zu nennen. Da blickte er durch das Fenster, deutete auf die Turmspitze, auf der ein vergoldeter Hahn in der Abendsonne flimmerte, und fragte: »Was das?« Die Kinder glaubten, er meine den Turm, und sagten: »Der Kirchturm!« – »Nun wohl«, sagte Ludwig, »so koch mir jung Kirchturm!« Eltern und Kinder lachten nun zusammen.

Der Vater erklärte ihm das lustige Missverständnis. Die Mutter aber sagte: »Lieber Ludwig, junge Hühner wären für uns Landleute eine zu kostbare Speise; wir verkaufen die Hühner, die wir ziehen, in der Stadt, um für das Geld andere Dinge einzukaufen, die uns nötiger sind.« Indes brachte sie ihm etwas Butter zu den Erdäpfeln und gab ihm überdies noch ein Stück Butterbrot. Er aß beides mit Lust und versicherte, es schmecke und sättige so gut als der beste Braten.

Nach dem Essen sprach der Vater: »Heute, mein lieber Ludwig, können wir nicht mehr zu deiner Mutter reiten. Waldenberg und die ganze Gegend ist von französischem Kriegsvolk besetzt, und da wäre es sehr gefährlich, in der Nacht zu reisen. Du musst also schon bei uns übernachten und Geduld haben; morgen früh wollen wir dann sehen, was zu tun ist.«

Ludwig, der sehr müde und schläfrig war, ergab sich darein, so gern er heute noch seine Mutter gesehen hätte. Die sorgsame Hausmutter Johanna machte ihm oben in der Schlafkammer ihrer Kinder ein reinliches Bettchen zurecht, und Ludwig schlief fast augenblicklich ein.

Als die Mutter alle ihre Kinder zu Bett gebracht hatte, ging sie vor die Haustür und setzte sich zu ihrem Mann auf die Bank. Denn hier saßen sie an schönen Abenden nach vollbrachtem Tagwerk gewöhnlich noch eine Weile, überlegten, was morgen alles zu tun sei, redeten von der Erziehung ihrer Kinder und dankten Gott für alle den Tag hindurch empfangene Wohltaten.

Nachdem beide eine Weile nachdenkend geschwiegen hatten, sagte Johanna: »Ich halte es für ratsam, dass du morgen vorerst allein, ohne unsern kleinen Gast mitzunehmen, nach Waldenberg gehst. Ludwigs Mutter, die sich vor ihren Landsleuten geflüchtet, hält sich wahrscheinlich im Verborgenen noch dort auf und wartet, bis der Knabe wieder aufgefunden ist. Brächtest du ihn sogleich mit dir, so könnte das gar leicht Aufsehen erregen und der armen Mutter Gefahr bringen.«

»Da hast du recht«, sprach Lorenz. »Morgen will ich zuerst allein dahin gehen, um der guten Frau Nachricht von ihrem Kind zu bringen. Sobald der Tag anbricht, will ich mich auf den Weg machen, um sobald als möglich dahin zu kommen und so ihr eine jammervolle Stunde zu ersparen.«

»Das tu«, sagte Johanna; »ach, ich kann mir denken, wie es der guten Mutter um das Herz sein mag. Ich würde vor Jammer vergehen, wenn ich im fremden Land eines meiner Kinder verloren hätte. Damit du aber auch eine Ursache angeben kannst, warum du nach Waldenberg kommst, so will ich dir ein halbes Dutzend von unsern schönen, jungen Hühnern mitgeben, die jetzt eben groß genug und auch so fett sind, dass man sie sogleich braten kann.«

»Das ist klug«, sagte Lorenz. »Die Hühner werden mir anstatt eines Passes dienen, damit ich leichter durch die aufgestellten Wachen hindurch komme. Auch wird die Frau Hirschwirtin, die gar eine brave Frau ist, sie mir sehr gern abkaufen, um die fremden Gäste gut zu bewirten. Was aber die Hauptsache ist, so kann sie mir über die Mutter des kleinen Ludwig sicher die beste Auskunft geben. Ich will also den Gang dahin wagen.«

»Es ist allerdings ein kleines Wagestück«, sagte Johanna; »allein, da es ein Werk der Barmherzigkeit ist, so wird es mit der Hilfe Gottes gelingen. Dies glaube ich fest; sonst ließe ich bei dieser gefährlichen

Kriegszeit dich um alle Welt nicht gehen. Gutes zu tun ist aber der Beruf eines jeden Menschen, und wer in seinem Beruf wandelt, der wandelt unter Gottes Schutz.«

3. Jammer einer Mutter

Am andern Morgen, bald nach drei Uhr, da noch kaum die erste Morgenhelle zu bemerken war, nahm der gutherzige Pächter Lorenz den Korb mit den Hühnern, hängte ihn an seinen Reisestab, schwang ihn über die Schulter und wanderte mit eiligen Schritten Waldenberg zu. Der rüstige Mann kam deshalb auch sehr bald wieder zurück.

Als es eben auf dem Turm zu Ellersee sieben Uhr schlug, trat er mit dem leeren Korb und dem erlösten Geld schon wieder in seine Stube. Johanna stand eben am Butterfass. Er setzte sich auf den nächsten Stuhl und wischte sich den Schweiß ab. »Ich habe eben ausgerührt«, sagte Johanna. »Sieh, da hast du ein Glas Buttermilch nebst einem Stück Brot. Erzähle mir nun, was du in Waldenberg erfahren hast.«

»Die Frau Hirschwirtin«, sagte Lorenz, »erzählte mir die Geschichte sehr ausführlich; ich will sie etwas kürzer fassen. Schon am Morgen des vergangenen Tages sah man durch Waldenburg eine Menge Kutschen und Leiterwagen fahren; alle waren gedrängt voll Menschen, die sich vor dem herannahenden französischen Kriegsheeren flüchteten. Gegen Mittag kamen so viele Kutschen mit französischen Ausgewanderten, dass sie in den Wirtshäusern des Ortes kaum mehr ein Unterkommen finden konnten. Die bedauernswerten Leute wollten bloß ein kleines Mittagsmahl nehmen und, sobald ihre Pferde gefüttert waren, eilig wieder weiterfahren. Ludwigs Mutter, eine schöne Frau von zartem, feinem Aussehen, befand sich unter ihnen. Als es Zeit zum Essen war, rief sie dem Knaben, dem sie erlaubt hatte, in den Garten hinab zu gehen; allein es war nichts mehr von ihm zu sehen, noch zu hören. Während sie überall, in dem Garten, auf der nahen Wiese und auf der Gasse, ihn ängstlich suchte, kamen plötzlich einige österreichische Dragoner in das Dorf gesprengt und sagten, dass die französischen Husaren sogleich nachkommen würden. Man hörte in einiger Entfernung scharf schießen. Es entstand ein allgemeiner Schrecken und ein großes Getümmel. Die ausgewanderten Franzosen sprangen eilends vom Tisch auf und befahlen, augenblicklich anzuspannen. Einige Herren halfen selbst mit, die Pferde anzuschirren und aus dem Stall zu führen. Die Angst und der Jammer der bekümmerten Mutter aber waren unbeschreiblich. Sie war blass wie eine Leiche und lief, die Hände ringend und mit zerstreuten Haaren umher; sie bat, uneingedenk, dass die Leute die französische Sprache nicht verstanden, mit heißen Tränen und aufgehobenen Händen alle Menschen, die ihr im Haus und auf der Straße begegneten, ihr den Knaben suchen zu helfen. Indes hörte man immer furchtbarer schießen; es fiel Schuss auf Schuss bereits sehr nahe an den Hecken und Weingärten des Dorfes. Die Reisegefährten der Frau wollten sie bereden, abzureisen, indem sie sonst in Gefahr stehe, gefangen nach Frankreich ausgeliefert zu werden. Allein sie sagte: ›Lieber will ich sterben als mein Kind im Stich lassen.‹

Einer der Ausgewanderten, ein ältlicher Mann, versicherte sie, der Kleine sei mit seinen Gespielen in der Kutsche, die in dem nächsten Gutshof angehalten, sogleich bei dem ersten Lärmen abgefahren. Die Frau lief sogleich selbst hinüber in den Gasthof und fragte, ob das auch gewiss sei. Die Wirtsleute sagten: ›Ja, ganz gewiss!‹ – Ob die Leute die Frau nicht recht verstanden haben oder ob der alte Mann, der sehr um die Frau bekümmert schien, die Leute nur angelernt habe, die Frau zu hintergehen, damit sie nicht in Gefangenschaft oder gar um das Leben komme, weiß ich nicht. Die arme Mutter wurde, totenbleich und fast ohnmächtig, von dem zitternden Greis in den Reisewagen gehoben. Als der Wagen zu dem Dorf hinausfuhr, ritten die französischen Husaren auf der andern Seite des Dorfes hinein und setzten sich zur Mahlzeit nieder, von der die Geflüchteten, beinahe ohne etwas davon zu kosten, aufgestanden waren.«

»Das ist sehr traurig«, sagte Johanna; »aber sag doch, wer ist die unglückliche Mutter? Wie heißt sie? Und was ist sie sonst für eine Frau?«

Lorenz sagte: »Man nannte sie bloß Madame Düval. Sie schien ehemals reich gewesen zu sein; aber nun scheint sie arm und dürftig. Ihre Kleidung von aschenfarbenem Kattun war nur ganz einfach, wiewohl sehr reinlich. Sie trug weder Gold noch Spitzen. Die Kutsche, in der sie kam, war ganz gemein und ihr Koffer sehr klein. Auch das Mittagsmahl, das sie für sich, ihren Ludwig und jenen alten Mann bestellt hatte, war gar nicht prächtig, ja sogar etwas sparsam. Die

Hirschwirtin, die französisch spricht und mir dies alles erzählte, konnte übrigens die Frau nicht genug loben, wie verständig und bescheiden sie sei.«

»Ach, die arme Mutter!« seufzte Johanna, indem ihr die hellen Tränen über die Wangen flossen. »Wie groß wird ihr Schrecken sein, wenn sie jene Kutsche einholt und ihren geliebten Ludwig nicht darin findet. Wegen der nachsetzenden Kriegsheere kann sie nicht zurückkehren, ihn aufzusuchen; sie weiß nicht, wie es ihm unter einem fremden Volk ergehen werde. Sie muss fürchten, ihn lange Zeit oder gar nicht mehr zu sehen. Wahrhaftig, sie muss einen Todeskummer empfinden.«

»Ich bedaure die gute Frau von ganzem Herzen«, sprach Lorenz; »aber wo ist denn ihr Sohn, der kleine Ludwig? Ist er noch nicht aufgestanden?«

»Ach«, sagte die Mutter, »das gute Kind schläft noch sanft und süß. Ich habe eben nach ihm gesehen. Der arme Kleine wird sehr bestürzt sein, seine Mutter vielleicht jahrelang nicht mehr zu sehen.«

Lorenz sprach etwas bekümmert: »Allein, was fangen wir indessen mit dem Kind an?«

»Das gibt sich von selbst!« sagte Johanna. »Gott hat uns das Kind zugeführt – und so behalten wir es, bis die Mutter wiederkommt und das Kind wieder abholt. Ich denke, Gott hat es so gefügt, dass du eben nicht weit von dem alten Eichbaum vorbeigehen musstest, als das Kind unter dem Baum so herzlich betete.«

»Das denke ich auch!« sagte Lorenz. »Aber wenn der Krieg viele Jahre lang dauern und die Mutter gar nicht mehr zurückkommen würde, wenn sie auf ihrer traurigen Flucht, auf der sie sicher vieles auszustehen hat, erkranken und sterben sollte – was machen wir dann mit dem Kind?«

»Dann erziehen wir den armen Kleinen mit unsern Kindern«, sagte Johanna. »Wo sechs essen, isst das siebente auch mit – ohne großen Aufwand. Gott wird uns das Wenige, das wir haben, wenn wir es mit einem armen Kind teilen, umso reichlicher segnen. Derjenige, der mit fünf Broten fünftausend Mann in der Wüste speiste, lebt noch!«

»Das ist wahr«, sagte Lorenz. »Allein, wenn gute Leute, die reicher sind als wir, sich des Kindes erbarmen und es aufnehmen wollten, so wäre es mir doch lieb!«

»Wenn sich solche Leute fänden und sich selbst dazu erböten«, sagte Johanna, »so wäre mir das vielleicht auch recht. Allein bitten wollen wir sie nicht darum. Die reichsten Leute sind nicht immer die freigebigsten. Und auch die Freigebigsten unter ihnen könnten zwar mehr für den armen Knaben tun als wir, aber mit willigerem Herzen könnten sie es gewiss nicht tun. Ich fühle einmal ein Mutterherz zu dem Knaben, und du, liebster Lorenz – ich weiß es gewiss –, bist nicht weniger liebreich gegen denselben gesinnt; du hast sicher ein Vaterherz für ihn.«

»Das wohl!« sagte Lorenz und fing nun an zu rechnen, ob sie bei dem geringen Ertrag ihres kleinen Pachtgutes soviel erübrigen könnten, den Knaben zu ernähren und zu kleiden. Lorenz kam aber mit seiner Rechnung nicht zurecht.

Allein Johanna unterbrach ihn und sagte: »Wenn man etwas Gutes tun will, muss man nicht gar so genau rechnen; man muss dem lieben Gott auch etwas zutrauen. Ich dachte schon immer, wenn unser kleiner Konrad uns verlorenginge und unter landfremden Menschen, etwa in Frankreich, hilflos und verlassen umherirrte – nicht wahr, da wünschten wir wohl recht herzlich, dass gute Menschen sich seiner erbarmen und ihm unter ihrem Dach und bei ihren Kindern ein Plätzchen gönnen möchten! Nun, was wir wollen, dass man uns tue, das sollen wir auch anderen tun.« Die Tränen standen ihr in den Augen, als sie dieses sagte.

Lorenz sprach sehr gerührt: »Ich wollte das Kind ja von Herzen gern annehmen und erziehen; allein da wir selbst nichts Überflüssiges haben, so können wir das doch kaum tun.«

»Ei«, sagte Johanna, »wir Menschen können mehr, als wir manchmal meinen! Du wolltest mir ja auf dem nächsten Jahrmarkt ein neues Kleid kaufen; lass das gut sein und verwende das Geld für den armen Ludwig!«

»Du bist doch eine ebenso verständige als gutherzige Frau!« rief Lorenz, indem seine bedenklichen Mienen verschwanden und seine gewöhnliche Fröhlichkeit wieder sein ganzes Gesicht erheiterte. »Ja, ja«, sagte er, »so wollen wir es machen; und auch ich will mich mit meinem alten Sonntagskleid noch ein Jahr länger behelfen. So ist einstweilen für den Knaben gesorgt. Wir wollen ihn also behalten, der liebe Gott wird weiter sorgen!«

In diesem Augenblick trat der kleine Ludwig, völlig angekleidet, zur Tür herein, wünschte beiden sehr freundlich guten Morgen und bat Lorenz, nun sogleich zu satteln und mit ihm zu seiner Mama zu reiten.

»Lieber Ludwig!« sagte Lorenz. »Deine Mutter ist schon gestern mittags von Waldenburg abgereist und jetzt viele Meilen weit von uns entfernt. Sie war sehr bekümmert um dich; allein sie konnte nicht dort bleiben. Die Husaren vertrieben sie. Jetzt stehen mächtige Kriegsheere zwischen ihr und uns, so dass wir jetzt unmöglich zu ihr kommen können.«

Der gute Ludwig fing an, schmerzlich zu weinen; er schluchzte vor Jammer und inniger Betrübnis. Mutter Johanna setzte sich auf die Bank, stellte den weinenden Knaben zwischen ihre Knie, trocknete mit dem kleinen, weißen Taschentuch, das er bei sich hatte, ihm die Tränen ab und sagte liebreich: »Weine nicht, liebster Ludwig! Habe eine kleine Weile Geduld; dann wirst du deine liebe Mutter wiedersehen und dann eine desto größere Freude haben. Indessen will ich deine Mutter sein, so wie mein Mann sich als Vater gegen dich erweisen wird. Alle meine Kinder werden dich lieben, als wärest du ihr Bruder. Alles, was wir haben, wollen wir mit dir teilen!«

Allein Ludwig wollte sich nicht trösten lassen und hörte nicht auf zu weinen. Da versuchte Johanna ein anderes Trostmittel. Sie ging mit ihm hinaus in den Hof am Haus und sagte zu Lorenz, er solle das Füllen aus dem Stall führen. Lorenz tat es. Ludwig hatte noch nie in seinem Leben ein junges Pferd gesehen und wusste nicht, dass dieses Pferdchen noch gar so jung sei. Er rief daher voll Erstaunen: »Ei, ein kleines Pferd! Ein kleines Pferd!« Er betrachtete das hübsche Tierchen, das kaum drei Monate alt war, mit großem Wohlgefallen und versicherte, die Pferde, die er in der Stadt und auf der Reise gesehen habe, seien alle sehr groß; dies kleine Pferd aber finde er viel artiger. Lorenz setzte ihn auf das Pferdchen und führte es in dem Hof auf und ab. Ludwig hatte eine ganz ungemeine Freude, das erste Mal zu Pferd zu sitzen, und zwar auf einem so kleinen, niedlichen Pferd, das ganz für ihn geschaffen schien. Aller Jammer war vergessen. Er sagte, wiewohl seine Wangen noch von Tränen nass waren, mit lachendem Mund: »Auf diesem Pferd werde ich morgen oder übermorgen zu meiner Mutter galoppieren.«

»Dies«, sagte Johanna zu Lorenz, »hat geholfen und die Traurigkeit des Knaben auf einmal in Freude verwandelt. Um bei einem Kind eine Empfindung, die unangenehm oder gar unrecht ist, zu überwinden, muss man sie nicht geradezu bestreiten, sondern das Kind auf andere Gedanken zu bringen und in ihm andere Empfindungen zu erregen suchen. Dies tut auch bei Erwachsenen gut, wie ich es öfter an mir selbst erfahren habe. Wenn mir etwas im Kopf herumgeht, singe ich ein fröhliches Liedchen oder plaudere mit meinen Kindern von etwas anderem oder erzähle ihnen ein Geschichtchen, oder ich sehe in dem Garten nach, wie schön alles wachse und gedeihe oder wie schön draußen auf dem Acker der Flachs gerate und wie lieblich er blühe. Neulich war ich gar übel aufgeräumt; da brachte mir die kleine Liese ganz unerwartet einen Strauß von den ersten Maienblümchen, und ich wurde sogleich wieder aufgeheitert und der besten Laune. Freilich, wann schwerere Sorgen oder Leiden der Erde uns darnieder drücken, da hilft so etwas nicht mehr! Allein dann erhebe ich meine Gedanken zum Himmel und denke an den lieben Gott, der für uns alle sorgt und nach dem kurzen Leiden dieser Erde uns ewige Freuden gibt. Da wird es denn sogleich besser mit mir, und ich bin wieder getrost, heiter und fröhlich.«

4. Die Landleute im Dorf

Die Ankunft des französischen Knaben war sogleich im ganzen Dorf bekannt geworden und machte großes Aufsehen. Es kamen den Tag über eine Menge Kinder und auch viele Mütter zu Lorenz in das Haus, um den fremden Knaben zu sehen. Gegen Abend versammelten sich die Bauern unter der großen Linde, die mitten im Dorf, nicht weit von der Kirche, stand. Denn hier pflegten sie nach vollbrachtem Tagwerk auf den Bänken zu ruhen und bei vertraulichen Gesprächen eine Pfeife Tabak zu rauchen. Diesesmal war Ludwig das einzige Gespräch. Über eine Weile kam der Ortsvorsteher und setzte sich zu ihnen. Lorenz bemerkte ihn durch das Fenster und ging mit Ludwig zu ihm hin, um ihm den Knaben vorzustellen. Lorenz erzählte, wie er das Kind in dem Wald gefunden habe, und sagte dann: »Ich mache Euch hiermit die Anzeige, dass ich das Kind, bis die Mutter es abholt, bei mir behalten werde.«

Die Bauern lobten den Lorenz wegen seiner christlichen Liebe; einige meinten jedoch, Lorenz habe schon Kinder genug zu ernähren, es sei nicht klug von ihm, noch ein fremdes Kind anzunehmen. Einer der Bauern aber namens Krall, der kein guter Mensch und gegen Lorenz besonders feindselig gesinnt war, behauptete, man müsse den jungen Franzosen auf der Stelle aus dem Dorf schaffen. »Denn bedenkt, Nachbarn!« sagte er. »Die Ausgewanderten sind Feinde Frankreichs; die französischen Soldaten, vor denen wir keine Stunde sicher sind, werden es uns sehr übelnehmen, dass wir ein Kind ihrer Feinde in unserem Dorf dulden. Sie werden es uns entgelten lassen, unser Dorf plündern oder gar in Brand stecken. Ach du lieber Himmel«, rief er, sich recht wehmütig stellend und mit kläglicher Stimme, »mir ist's, als sähe ich unser gutes Dorf schon in Flammen!« – »Ortsvorsteher«, setzte er noch mit einem grimmigen Blick auf Lorenz bei, »ich mache daher den Antrag, dass Ihr den französischen Knaben noch diesen Abend durch den Gemeindediener über die Grenze bringen lasset – den Lorenz aber, der das Kind hierher schleppte und sich dadurch als einen Anhänger der Franzosen offenbarte und uns leicht hätte unglücklich machen können, zu einer gebührenden Strafe an Geld verurteilet.«

Einige Bauern gerieten über die große Gefahr, in der das Dorf schwebe, in Schrecken und stimmten dem Krall bei; andere aber, die mehr Verstand und menschliches Gefühl hatten, widersprachen dem Krall mit Nachdruck. Es entstand ein Wortwechsel, und die Bauern sprachen ziemlich laut. Alle Leute im Dorf, jung und alt, Weiber und Kinder, liefen zusammen, teils, um dem Streit zuzuhören, teils, um den kleinen Franzosen zu sehen, über den der Streit angegangen war.

Als das Gezänk anfing, bedenklich zu werden, kam der Pfarrer herbei, hörte eine Weile zu und sagte dann sehr ruhig: »Liebe Freunde und Pfarrkinder! Ihr ängstet euch ohne Ursache, und die Gefahr für unser Dorf, die einige von euch als sehr groß ansehen, ist gar nicht vorhanden. Die tapfern französischen Krieger sind zu edelmütig, als dass sie euch ein Leid zufügen sollten, weil ihr dieses unschuldige Kind, das von ihrer bürgerlichen Uneinigkeit noch nichts versteht, in euer Dorf aufgenommen; ihr werdet euch vielmehr ihre Zufriedenheit und ihr Wohlgefallen erwerben, wenn ihr diesem armen, hilflosen Kind, das doch zu ihrem Volk gehört, freundlich und liebreich begegnet. Sollte jedoch der eine oder der andere aus ihnen damit unzufrieden sein, so legt nur alle Schuld auf mich allein. Sagt ihnen, ich habe euch geraten, das Kind in euer Dorf aufzunehmen. Ich werde mich zu verantworten wissen. Ich halte es mit dem Ausspruch: ›Tue recht und fürchte niemand.‹«

Der Pfarrer nahm hierauf den kleinen Ludwig liebreich bei der Hand und stellte den holden, lieblichen Knaben, der Tränen in den Augen hatte, dass wegen seiner ein so großer Streit entstanden war, in ihre Mitte. »Seht«, sagte der Pfarrer, »ein solches Kind hat einmal unser göttlicher Erlöser in die Mitte seiner Jünger gestellt und zu ihnen gesagt: ›Wer eines von diesen Kleinen aufnimmt, der nimmt mich auf!‹ Ja, er warnte die Jünger und sprach zu ihnen noch weiter: ›Sehet wohl zu, dass ihr keines von diesen Kleinen gering achtet; denn ich sage euch, ihre Engel sehen beständig das Angesicht meines Vaters, der im Himmel ist. Euer Vater im Himmel will nicht, dass eines von diesen zarten Kleinen verlorengehe.‹ So sprach unser göttlicher Erlöser. Nun, meine lieben Freunde! Dieses arme Kind hier, der kleine Ludwig, war wirklich verloren; Lorenz, dieser gute Mann, hat es gefunden und es in sein Haus aufgenommen. Wolltet ihr ihm nun das wehren? Wolltet ihr darauf bestehen, das Kind solle verloren bleiben und gleich einem verlorenen Lämmchen in der Welt herumirren? Da würdet ihr die heiligen Engel Gottes, denen die Kinder lieb sind, betrüben! Unser göttlicher Erlöser, der alles, was man einem solchen Kind tut, so ansieht, als hätte man es ihm selbst getan, würde übel mit euch zufrieden sein. Ihr würdet euch dem himmlischen Vater, der da will, man solle sich solcher verlornen Kinder annehmen, offenbar widersetzen! Nein, meine Freunde, das tut ihr gewiss nicht; es würde euch auch keinen Segen bringen. Wenn ihr aber alle gegen dieses fremde Kind so liebreich gesinnt seid wie der mitleidige Lorenz – das wird euch und euren Kindern Segen bringen. Bedenkt, während wir hier unter diesem friedlichen Baum versammelt sind, befinden sich viele eurer Söhne im Krieg und sind tausend Gefahren von Kugeln und Schwertern ausgesetzt. Sollte einer oder der andere von diesen braven Jünglingen, fern von Eltern und Geschwistern, unter freiem Himmel und auf hartem Boden, verwundet und blutend daliegen und nach Hilfe seufzen – so wird Gott ihm auch gute Menschen zuschicken, die sich seiner erbarmen. Glaubt mir, es wird euch an euren eigenen Kindern reichlich vergolten werden, was ihr an diesem verlassenen, fremden Kind getan habt.«

Die Mütter, Schwestern und Bräute der entfernten jungen Krieger fingen an zu weinen; ja manchem Vater, manchem Sohn, manchem alten, betagten Greis standen Zähren in den Augen. Alle versprachen, die Ermahnung ihres ehrwürdigen Pfarrers zu befolgen, lobten den menschenfreundlichen Lorenz und tadelten den feindseligen Krall, dass er ihnen eine eitle Furcht eingejagt habe und sie bald zu Torheit und Sünde verleitet hätte. Der kleine Ludwig aber küsste dem Pfarrer dankbar die Hand, dass er sich seiner so liebreich angenommen habe; und der Pfarrer sprach freundlich, Ludwig solle ihn morgen besuchen.

5. Der würdige Landpfarrer

Ludwig machte sich am folgenden Tag eine große Angelegenheit daraus, den Herrn Pfarrer zu besuchen. Er bürstete seinen blauen Frack reinlich aus und bat seine Pflegemutter, ihm seine langen Haare zierlich auszukämmen. Er nahm, nachdem er erst um Erlaubnis gebeten, des kleinen Konrads Strohhut, indem es sich nicht schicke, ohne Hut Besuche zu machen. Johanna sagte, der einfache Strohhut werde sich wohl nicht zu dem schönen Kleid schicken. Allein Ludwig versicherte, das schicke sich sehr wohl; es sei eben jetzt die neueste Mode. Er ging nun in das Pfarrhaus, ließ sich bei dem Herrn Pfarrer erst melden, trat dann mit feinem Anstand und einer Verbeugung in das Zimmer und sagte in französischer Sprache, er komme, dem Herrn Pfarrer seine Aufwartung zu machen und ihm für die Güte, mit welcher gestern abends der Herr Pfarrer sich für ihn verwendet habe, nochmal zu danken.

Der Pfarrer, ein ehrwürdiger Greis und ein großer Kinderfreund, verstand die französische Sprache sehr gut und hatte in seiner Bibliothek auch mehrere französische Bücher, die er sehr schätzte und sehr oft darin las; allein Französisch reden konnte er nicht, weil er auf dem abgelegenen Dorf, in dem er bereits vierzig Jahre lebte, nie Gelegenheit gehabt hatte, sich darin zu üben. Er hieß also den Knaben in deutscher Sprache willkommen, ließ ihn sich neben sich auf das Kanapee sitzen und sagte zu ihm: »Wiewohl ich, mein lieber Ludwig, bloß in deutscher Sprache mit dir reden kann, so verstehe ich deine Sprache dennoch sehr wohl; zumal du eine sehr deutliche und reine Aussprache hast. Rede du also immerhin mit mir französisch; ich werde, da du von unserer Sprache das meiste verstehst, dir deutsch antworten, jedoch hier und da mit einem französischen Wort nachhelfen.« Das war dem kleinen Ludwig sehr lieb, und er war nun sehr beredt.

Dem Pfarrer ging es sehr zu Herzen, dass der zarte, liebenswürdige Knabe von seiner Mutter getrennt worden und in einem fremden Land leben musste. Er unterredete sich daher sehr liebreich und freundlich mit ihm, tat mancherlei Fragen an ihn und überzeugte sich, dass Ludwig eine sehr gute Erziehung genossen habe und dass seine Mutter eine sehr edle und gebildete Frau sein müsse.

»Nun, lieber Ludwig«, fragte der Pfarrer unter anderem, »hast du auch schon angefangen, lesen zu lernen?«

»Oh ja«, sagte Ludwig; »ich kann Französisch lesen, aber Deutsch nicht.«

Der Pfarrer holte aus seinem Büchergestell ein französisches Buch, das für Kinder geschrieben war, legte es offen vor Ludwig hin, zeigte mit dem Finger auf eine kleine Erzählung und sprach: »Sieh, da lies einmal!« Ludwig las mit großer Fertigkeit und vielem Ausdruck.

»Wer hat dich so schön und gut lesen gelehrt, lieber Ludwig?« fragte der Pfarrer nicht ohne Verwunderung.

»Meine Mutter«, antwortete Ludwig; »ich hatte außer ihr nie einen Lehrmeister.«

Der Pfarrer hätte nun auch gern gewusst, ob der Knabe in der Religion unterrichtet sei, und tat deshalb mehrere Fragen an ihn. Ludwig beantwortete alle sehr gut, ja mit Andacht und gerührtem Herzen. Mit besonderer Rührung sprach er von der Güte Gottes gegen die Menschen, von der göttlichen Vorsehung, die alles, auch die Leiden, den Menschen zum Besten lenkt, vom Vertrauen auf Gott und dem Gebet, und von dem besseren Leben dort in jener Welt, im Himmel, wo wir einst alle hinkommen, wenn wir das tun, was der himmlische Vater uns durch seinen lieben Sohn zu tun befohlen hat.

Der Pfarrer war sehr erfreut und sagte: »Ich sehe wohl, deine Mutter hat dir jene Lehren besonders eingeprägt, mit denen sie in ihrem Leiden sich tröstete und die auch wirklich in allen Leiden uns den besten Trost gewähren. Du hast eine sehr fromme, gute Mutter, liebster Ludwig!«

»Oh, sie ist so gut«, sagte Ludwig mit Tränen in den Augen, »und hat mich so lieb, dass ich es gar nicht aussprechen kann! Sie ist auch recht fromm! Jeden Morgen und Abend betete sie mit mir – besonders für den Vater, dass wir ihn wieder finden mögen, und dann alle drei wieder miteinander in unser Vaterland zurückkehren dürfen. – Ach, die liebe Mutter war oft recht traurig, dass wir so aus unserem Vaterland verstoßen wurden, und dass wir wegen des Kriegs nicht zu meinem Vater kommen können. Ja, die Leute wussten gar nicht, wie traurig sie oft war. Wann sie Besuch bekam, war sie zwar immer heiter und klagte nie. Aber wann sie in dem Zimmer so allein an ihrem Arbeitstischchen saß, da seufzte sie oft und blickte mit nassen Augen zum Himmel!«

»Nun«, sagte der Pfarrer, »Gott wird ihr frommes Gebet und auch dein kindliches Flehen erhören!«

»Das glaube ich auch«, sagte Ludwig, »allein ich weiß nicht, was das ist! Als ich dort im Wald betete, erhörte mich Gott gleich und schickte mir den Lorenz zu. Allein es ist heute schon der dritte Tag, seit ich beständig bete, der liebe Gott wolle mich doch wieder zu meiner Mutter führen. Allein er scheint gar nicht darauf zu achten. Ich begreife gar nicht, warum er mich so lange vergebens bitten lässt. Wenn ich an seiner Stelle wäre, ich würde die Menschen sogleich erhören und jedem geben, um was er bittet.«

»Da würdest du großes Unheil anrichten, mein lieber Ludwig!« sagte der Pfarrer. »Gott, der Allwissende, allein weiß, was uns Menschen gut ist. Nach seiner Weisheit kann er, der nichts als unser Bestes will, uns nicht immer so schnell erhören oder uns gerade auf die Art helfen, wie wir es wünschen. Die Wünsche der Menschen sind oft sehr töricht; ja manchmal würde auch das, was uns sehr gut scheint, uns doch nicht zum Besten gereichen. Indes ist ein frommes Gebet nie vergebens. Gott hilft oft später und anders, als wir wünschen, aber besser, als wir es immer wünschen können. Für jetzt hat Gott für dich gesorgt und dich zu guten Pflegeeltern gebracht; deiner lieben Mutter wird es in ihren Leiden auch Trost in das Herz geben, und ich denke, der Tag wird bald anbrechen, an dem er dich wieder in ihre Arme zurückführt.«

»Ach, die liebe, liebe Mutter!« rief Ludwig, und drückte beide Hände auf seine Brust, »ich kann es gar nicht sagen, wie lieb ich sie habe, und wie es mich schmerzt, dass ich durch meinen Leichtsinn die Leiden, die sie schon hat, noch vermehrt habe. Sie wird sehr in

Sorgen um mich sein und oft weinen.« Der arme Knabe brach selbst in einen Strom von Tränen aus.

»Nun, nun, liebster Ludwig«, sagte der Pfarrer, »sei ruhig. Sich kümmern und plagen hilft nichts. Alles, was du jetzt tun kannst, ist dies, dass du für deine Mutter betest und recht fromm und gut seiest und fleißig lernest, um ihr Freude zu machen. Ich will dir täglich eine oder zwei Stunden Unterricht geben. Da du so gut Französisch lesen kannst, so musst du nun auch das Schreiben lernen; und da du bereits so ziemlich gut Deutsch sprichst, so will ich dich in deutschen Büchern lesen lehren. Ich will mit Hilfe der französischen Bücher, die ich habe, dich in allem unterrichten, was ich für dich als nützlich erachte. Deine guten Pflegeeltern werden es gewiss gerne zugeben. Grüße sie mir freundlich, und komm morgen zu dieser Stunde wieder – und weine nun nicht mehr, liebster Ludwig! Gott wird alles recht machen und dein und deiner Mutter Leiden noch in Freude verwandeln.«

Ludwig besuchte die Lehrstunden, die ihm der Pfarrer gab, mit Herzenslust, und sie waren ihm die angenehmsten Stunden des Tages. Er war sehr wissbegierig, hatte immer etwas zu fragen, und seine Fragen veranlassten Gespräche, die für ihn so unterhaltend als lehrreich waren. Er hatte ein sehr gefühlvolles Herz, wurde von den schönen Lehren oft sehr gerührt und empfand die kindlichste Ehrfurcht und Dankbarkeit gegen den edlen Mann.

Ludwig hätte ihm auch gern seine Dankbarkeit zu erkennen gegeben. Am Vorabend von dem Namenstag des Pfarrers, der Bonifazius hieß, bat Ludwig seine Pflegemutter, ihm einen Groschen zu schenken. Die Mutter fragte, wozu.

»Ach«, sagte Ludwig, »ich möchte dem lieben, guten Herrn Pfarrer zu seinem Namensfest gern ein Geschenk machen!«

»Oh, mein lieber Ludwig«, sprach die Mutter, »was kannst du für einen Groschen kaufen, das den Herrn Pfarrer freuen könnte? Denn einen Groschen wirst du ihm wohl nicht schenken wollen?«

Ludwig sagte: »Ihm einen Groschen zu schenken wäre allerdings sehr unschicklich. Ich werde ihm aber etwas kaufen, das ihm gewiss Freude machen wird. Der Herr Pfarrer ist ein großer Liebhaber von Blumen. Er hat viele Rosenstöcke in seinem Garten und freut sich sehr auf die Rosen. Allein noch sieht man da nichts als Knospen. Auch in unserm Gärtchen gibt es nur erst Rosenknospen, und so ist es in allen Gärten des Dorfes. Ich habe überall nachgesehen. Allein vor dem Fenster des Müllers steht ein Rosenstock, der schon herrliche Rosen trägt. Ich bat den Knaben des Müllers nur um eine einzige Rose; allein er wollte mir keine schenken, sondern sagte, für einen Groschen wolle er mir eine verkaufen.«

Mutter Johanna sagte lächelnd: »Nun, das ist schön, dass du den Herrn Pfarrer so in Ehren hältst und soviel Aufmerksamkeit für ihn hast; sieh, da gebe ich dir den Groschen mit Freuden.«

Ludwig eilte mit dem Groschen in die Mühle und sprach zu dem Müllersknaben, er solle ihm nun die Rose dafür geben. Der Müller, der dies hörte, sagte: »Das ist ein törichter Einfall von dir, Ludwig, dass du für eine Rose Geld ausgeben willst. Warte noch vierzehn Tage, so kannst du Rosen genug umsonst haben. Allein so töricht wie du handeln noch viele Menschen, die sich viel Geld kosten lassen, um etwa zwei oder drei Wochen früher Baumfrüchte oder Gemüse zu essen, die späterhin wohlfeiler und auch besser und schmackhafter zu bekommen wären. Man muss warten können, die Zeit bringt Rosen.«

Ludwig sagte betrübt, dass er die Rose nicht für sich kaufen, sondern dem Herrn Pfarrer ein Geschenk zum Namenstag damit machen wolle. Da wurde der Müller sehr freundlich. »Das ist etwas andres!« sagte er. »Das ist ein herrlicher Einfall von dir! Stecke aber deinen Groschen nur wieder ein, lieber Kleiner. Nicht nur eine Rose sollst du haben, sondern den ganzen Rosenstock. Für unsern lieben Herrn Pfarrer ist mir nichts zuviel.«

Wer war nun je glücklicher, als Ludwig sich fühlte! Er trug den Rosenstock wie im Triumph nach Hause, ordnete seinen Anzug so zierlich, als er konnte, eilte dann in den Pfarrhof, überreichte dem Herrn Pfarrer den Rosenstock und sagte dabei ein Sprüchlein, das er kürzlich gelesen hatte: »Gott woll', Ihr Leben zu erfreuen, auf Ihre Wege Rosen streuen.«

Der Pfarrer sagte gerührt: »Wo nahmst du doch den herrlichen Rosenstock her, liebster Ludwig?«

Als Ludwig nun erzählte, wie er zu dem Rosenstock gekommen sei, und der Pfarrer aus der Erzählung ersah, welche Angelegenheit sich Ludwig daraus gemacht habe, ihn zu erfreuen, traten dem ehrwürdigen alten Mann die Tränen in die Augen. »Gott segne dich, liebster Ludwig«, sagte er; »du gleichest jetzt noch einer dieser zarten

Rosenknospen; bleibe immer fromm und gut, und du wirst schöner blühen als diese vollen Rosen hier.«

Als Ludwigs Namensfest kam, schenkte ihm der Pfarrer ein kleines, französisches Gebetsbüchlein, das er eigens für ihn aus der Buchhandlung hatte kommen und sehr schön in roten Saffian mit Gold hatte einbinden lassen. Er hatte auch den Spruch hineingeschrieben: »Jugend und Schönheit welken dahin gleich den Blumen; wer aber den Willen Gottes tut, besteht ewig.«

Ludwig hatte an dem schönen Büchlein eine unbeschreibliche Freude. Er versicherte, es sei ihm das angenehmste Geschenk von der Welt, das man ihm nur immer hätte machen können. Allein es war auch das nützlichste Geschenk für ihn; denn es enthielt sehr schöne Gebete, und Ludwig las darin morgens und abends, zu Hause und in der Kirche mit großer Andacht.

6. Das Landleben

Der kleine Ludwig war in seinem neuen ländlichen Aufenthalt bald eingewöhnt. Er gewann seine guten Pflegeeltern sehr lieb und ging mit ihren Kindern so vertraulich um, als wären sie seine Geschwister. Die Freundlichkeit, mit der alle im Haus ihm begegneten, machte ihn vergessen, dass er sich in einem fremden Haus befinde. Zwar hatte er noch immer eine große Sehnsucht nach seiner Mutter; allein er war deshalb nicht traurig. Er tröstete sich mit der Hoffnung, die geliebte Mutter bald wiederzusehen; und die fröhliche Gemütsart, die dem kindlichen Alter eigen ist, und mit der besonders Ludwig reichlich begabt war, verscheuchte alle traurigen Gedanken. Er war immer so fröhlich, so freundlich und dienstfertig und hatte so gute Einfälle, dass alle im Haus ihn täglich lieber hatten. Ja, in dem ganzen Dorf war er bei jedermann beliebt.

Die ländliche Kost kam ihm anfangs etwas seltsam vor. Sogleich am ersten Morgen, an dem er sich wieder heiter und fröhlich fühlte, machte er mit den Kindern einen Spaziergang um das Dorf und den kleinen See, um die Gegend zu besehen. Sobald er aber zurückkam und in die Stube trat, fragte er, ob der Kaffee noch nicht fertig sei?

Die Mutter lächelte und sagte: »Lieber Ludwig! Wir haben dahier unsern eigenen Gebrauch, in den du dich fügen musst. Einige vor-

nehme Leute in der Stadt trinken den Kaffee ohne Milch; wir Landleute dahier trinken die Milch ohne Kaffee. Wir finden dies viel
wohlfeiler; überdies ist die Milch viel gesünder und schmeckt uns viel
besser. Versuch es einmal!« Sie brachte eine Schüssel Milch und ein
großes Stück Roggenbrot. Da Ludwig beinahe zwei Stunden lang die
Felder und Wiesen durchwandert hatte und der schöne Morgen sehr
warm gewesen, so schmeckte ihm die frische Milch sehr gut. Er sagte,
der beste Kaffee würde ihm lange nicht so gut geschmeckt haben,
und er würde künftig zu seinem Frühstück anstatt des Kaffees sich
immer Milch ausbitten. So ging es auch mit andern Speisen. Er bekam
selten Fleisch, sondern meistens nur Speisen von Mehl, Milch und
Butter, gekochtes Obst und allerlei Gemüse, was aber Johanna alles
sehr gut zu bereiten wusste. Er gewöhnte sich sehr gut daran. Da er
auf dem Land mehr Bewegung hatte als in der Stadt, so hatte er auch
mehr Appetit, und die Speisen schlugen ihm auch besser an. Da er
anstatt des Zuckerbrotes nur schwarzes Brot und anstatt des Konfektes
nur Obst zu essen bekam, so waren seine Zähne schöner und weißer
als das reinste und weißeste Elfenbein. Überhaupt bekam er ein viel
gesünderes Aussehen und blühte wie eine Rose.

Das Angenehme des Landlebens hat wohl kein Mensch lebhafter
gefühlt als der kleine Ludwig. Da er, so lange er sich denken konnte,
in einer engen Straße der Stadt gewohnt hatte, so gefiel es ihm auf
dem Land ganz ungemein wohl, und er sah fast täglich etwas Neues,
das ihm Freude machte. Seine Pflegemutter Johanna hatte für die
Schönheiten der Natur viel Gefühl und suchte es auch in ihren Kindern zu wecken. Und da Ludwig in der deutschen Sprache bewun-
dernswerte Fortschritte machte, so konnte die liebevolle Pflegemutter
sich bald ungestört mit ihm unterhalten.

Eines Tages hatte Johanna die gewöhnliche Wohnstube frisch aus-
weißen lassen, die Fenster und den kleinen Spiegel wohl gereinigt
und den Stubenboden nach Landessitte mit feinem, weißem Sand
bestreut. Als Ludwig am andern Morgen in die Stube trat, betrachtete
er die Stube und sagte: »Sie ist nun wohl recht hell und freundlich;
aber in der Stadt haben wir doch in einem viel schönern Zimmer
gewohnt. Da waren schöne Landschaften an die Wände gemalt, zwischen den Fenstern hing ein großer Spiegel in einer goldenen Rahme,
und der Fußboden war mit einem farbigen Teppich bedeckt. So solltest
du deine Stube auch auszieren lassen!«

»Lieber Ludwig«, sagte die Mutter, »wir Landleute haben nicht soviel Geld, uns so prächtig einzurichten. Dies ist aber auch gar nicht notwendig. Es wäre töricht, wenn wir uns eine Landschaft wollten an die Wand malen lassen; wir sehen ja hier in unserer Stube immer die schönste Landschaft vor Augen. Sieh nur einmal durch das Fenster! Wie schön blau ist die Luft, wie lieblich grün sind Feld und Wald, und sieh nur, wie eben jetzt die Bäume und dort der Kirchturm im Morgengold glänzen! So etwas kann kein Maler zustande bringen. Die blumige Wiese, die sich vor unsern Fenstern ausbreitet, ist ein so schöner, bunter Teppich, dass nie ein Prinz oder eine Prinzessin auf einen von schöneren Farben getreten ist. Und der See dort, in dem sich der Himmel, Wald, Felsen und die Mühle mit dem neuen roten Ziegeldach abspiegeln, ist ein größerer Spiegel und viel herrlicher, als man in einem fürstlichen Palast einen finden kann. Meinst du nicht?«

»Oh ja«, sagte Ludwig; »in der Stadt sah ich nie etwas so Schönes. Da sah ich, wann ich zum Fenster hinausschaute, nur Dachziegel, Mauern und Pflastersteine. Auf dem Land ist es viel schöner!«

»Nicht wahr«, sprach die Mutter, »der liebe Gott hat unsern Aufenthalt auf Erden recht schön eingerichtet? Sag einmal selbst, hat er nicht alles, was wir sehen, sehr schön gemacht und mit den lieblichsten Farben bemalt?«

»Ja, das ist wahr!« rief Ludwig. »Er ist doch ein recht lieber, gütiger Gott. Das erkennt man auf dem Land viel besser als in der Stadt.«

Ludwig machte manchmal selbst sehr gute Bemerkungen über das Stadt- und Landleben. Lorenz stand mit allen den Seinigen im Sommer mit Aufgang der Sonne auf, und bald nach Untergang der Sonne gingen sie zu Bett. Den Sommer über wurde in dem Haus kein Licht angezündet. Ludwig fügte sich in diese Ordnung, und sie gefiel ihm sehr wohl. Er sah früherhin die Sonne nie aufgehen; nun aber konnte er die schönen, goldenen Morgen, die ihm ins Fenster schienen, nicht genug bewundern. »Die Leute in der Stadt«, sagte er, »sind doch rechte Toren, dass sie den schönen Morgen verschlafen und dann die halbe Nacht beim Kerzenlicht zubringen. Sie könnten viel mehr Freude haben, wenn sie früher aufstehen und früher zu Bett gehen wollten. Auch würden sie viel Geld für Kerzen ersparen.«

Die Kinder gingen mit Ludwig öfter in den nahen Wald, um Erdbeeren zu pflücken. Da kamen sie einmal in ein kleines Tal, das gar nicht schöner hätte sein können. Die Hügel umher waren von prächtigen Eichen und schlanken Birken mit hellgrünem Laub und die rötlichen Felsen von dunkelgrünen Tannen beschattet; der Wiesengrund, durch den ein silberhelles Bächlein floss, war mit reichlichem Gras und unzähligen Blumen von allen Farben bedeckt und herrlich von der Sonne beleuchtet. Unten an den Hügeln und Felsen wuchsen eine Menge Erdbeeren, und die Ufer des Bächleins waren blau von Vergissmeinnicht. »Hier ist es doch recht schön!« rief Ludwig. »Der große herrschaftliche Garten, in den mich meine Mutter zu Zeiten führte, ist nichts dagegen. Dort sah man mehr Sand als Gras und Blumen; und an den Bäumen sah man keine Äste; sie sahen wie große, grüne Kugeln aus. Aber hier in diesem Waldtal – wo duftende Erdbeeren in Fülle wachsen, wo zu beiden Seiten des klaren Bächleins viele tausend und tausend zierliche blaue Blümchen blühen, wo diese großen Eichen ihre mächtigen Arme ausstrecken – da ist es herrlich! Das ist ein rechter Garten; ja, die ganze Gegend, die unser Dörflein umgibt, ist ein wahrer Lustgarten; und ich lobe und preise den Gärtner, der Erdbeeren, Vergissmeinnicht und Eichen gepflanzt hat – den lieben Gott! Wann ich wieder zu meiner Mutter komme, so gehe ich nicht mehr mit ihr in die Stadt; sie muss mit mir auf das Land ziehen. Da wollen wir uns der lieben Sonne und der frischen Luft, der Blumen und Kräuter und Bäume recht freuen und Gott dafür danken.«

Was dem fröhlichen Ludwig das Leben auf dem Land noch angenehmer machte, war die Fröhlichkeit, mit der alle Kinder des Dorfes abends bei der großen Linde oder draußen auf der Wiese ein gemeinschaftliches Spiel machten. Wie es zu Kriegszeiten gewöhnlich geht, so spielten die Knaben jetzt meistens Soldaten. Ludwig, der in der Stadt einigemale die Soldaten exerzieren gesehen, sah den Knaben zu und sagte zu ihnen: »Ihr macht es nicht recht! Wenn es euch beliebt, so will ich euch zeigen, wie ihr es machen müsst.«

Das war den Knaben sehr lieb, und Ludwig lehrte sie nun, schön aufrecht hinstehen, die Füße auswärts setzen und das Gewehr auf mancherlei Art handhaben, das übrigens nur ein Haselstock war; er ließ sie bald im langsameren, bald in schnellerem Schritt marschieren, sie bald rechts, bald links wenden und allerlei Schwenkungen und Stellungen machen. Die Knaben sagten, dass er die Sache verstehe, und erwählten ihn einmütig zu ihrem Oberst, auf welche Ehre Ludwig nicht wenig stolz war. Er ließ es sich recht angelegen sein, alles herbeizuschaffen, was, wie er sagte, zum Dienst nötig sei. Auf Ludwigs Bitten kaufte der reiche Müller seinem Knaben auf dem Jahrmarkt eine kleine Trommel, und Johanna gab ein Taschentuch von feinem Musselin her, das zur Fahne dienen musste; es war zwar rein gewaschen, allein etwas schadhaft. Doch Ludwig sagte: »Das macht nichts! Wenn die Fahne recht zerfetzt ist, so ist das nur umso ruhmvoller.«

Er fand in Johannas Nähzeug einige versilberte Flitter und verfertigte daraus, nachdem er zuvor um Erlaubnis gebeten, einen Stern, den er aber nur bei großer Parade an seinem blauen Frack trug; er wusste sich einige farbige Papierstreifchen zu verschaffen und bestimmte sie für die flinkesten und gewandtesten Knaben zu Ordensbändern.

Wann nun die Bauern abends unter der Linde ihre Pfeife rauchten, so sahen sie dem Spiel der Kinder mit Vergnügen zu. Sogar der Herr Pfarrer schaute manchmal eine halbe Stunde zum Fenster heraus und bezeigte seine Zufriedenheit mit diesen Spielen; denn er hatte es gern, wenn die Kinder fröhlich waren und sich öffentlich und gemeinschaftlich belustigten. Auch viele Bäuerinnen kamen herbei und hatten an der Geschicklichkeit ihrer Söhnchen große Freude. Sie gaben indessen gern zu, dass Ludwig sich vor allen übrigen Knaben auszeichne. Die Bauernknaben waren bräunlich von Angesicht und stark von Gliedern; Ludwig aber sah aus wie Milch und Blut und war so zart wie ein Prinz. Er wusste alles sehr gut anzuordnen und gab seine Befehle mit so großem Ernst, als wäre dieses Spiel die wichtigste Angelegenheit.

Johanna sagte einmal besorgt zu ihm: »Möchtest du denn wirklich einmal Soldat werden?« – »Oh ja!« sagte Ludwig freudig: »Warum denn nicht?« – »Aber da könntest du ja um das Leben kommen!« sagte sie. »Das weiß ich wohl«, sagte Ludwig; »allein ich habe neulich gelesen und glaube es auch: ›Es ist schön und rühmlich, für das Vaterland zu sterben!‹«

7. Großer Kummer, Hilfe und frommer Dank

Der gute Pächter Lorenz und seine treffliche Ehegattin Johanna brachten den Sommer bei ihren mancherlei ländlichen Beschäftigungen sehr vergnügt zu. Ihre Kinder, auch Ludwig, halfen, soviel es ihre Kräfte erlaubten, bei der Arbeit und machten ihnen viele Freude. Allein die Ernte fiel nicht so gut aus, als man erwartet hatte. Lorenz hatte überdies das Unglück, ein Pferd zu verlieren, und er musste, da die Feldarbeit dringend war, sogleich ein anderes kaufen, das ihm vieles Geld kostete. Indes nahte der Tag heran, an dem er das Pachtgeld erlegen sollte; er wusste aber die vollständige Summe nicht aufzubringen. Er fragte bei diesem und jenem wohlhabenden Bauern bescheiden und bittweise an, ob er ihm das fehlende Geld nicht vorstrecken wolle. Allein diejenigen, die ihm hätten helfen können, wollten nicht; und die ihm gern helfen wollten, konnten nicht. Lorenz und Johanna waren sehr bestürzt; denn in dem Pachtbrief stand, wenn die betreffende Summe nicht jedesmal an dem bestimmten Tag voll und rund in der herrschaftlichen Kanzlei zu Waldenberg erlegt werde, so habe der Pachtherr sich auf diesen Fall das Recht vorbehalten, den Pacht aufzukünden, und der Pächter müsse dann auf der Stelle abziehen. Als der gefürchtete Tag anbrach, zählte Lorenz noch einmal alles Geld, das er hatte, zusammen. Allein es fehlten daran noch zweiundzwanzig Gulden. »Ach!« sagte Lorenz bekümmert. »Der Herr Verwalter wird freilich sehr unzufrieden sein. Allein ich hoffe, er werde doch wohl einsehen, dass es bei der geringen Ernte und dem Unglücksfall, den wir mit dem Pferd gehabt haben, mir unmöglich war, die ganze Summe herauszuschlagen; er wird Nachsicht mit uns haben und uns und unsere Kinder nicht verstoßen.«

»Gott geb' es!« sagte Johanna mit weinenden Augen. »Ich werde indes aus meinem bekümmerten Mutterherzen unausgesetzt zu Gott flehen, er wolle unsere armen Kinder, die sonst keine Heimat haben, nicht aus diesem Hause vertreiben lassen.«

»Tu das«, sagte Lorenz wehmütig; »ich will es auch tun. Auf dem ganzen Weg bis in die Kanzlei werde ich unausgesetzt zu Gott flehen.« Er blickte schmerzlich zum Himmel und ging betrübt zur Tür hinaus.

Der Verwalter war ein strenger Mann, der wenig Worte machte. Er antwortete gar nicht auf Lorenzens Bitten und Vorstellungen. Er zählte das Geld, strich es ein, schrieb eine Quittung über den richtigen Empfang des erhaltenen Geldes, jedoch mit der Bemerkung, wieviel noch daran fehle, und sagte dann: »Ihr wisst, wie der Pachtbrief lautet. Wenn nicht heute noch vor Sonnenuntergang die zweiundzwanzig Gulden bei Pfennig und Heller hier auf dem Tisch liegen, so habt Ihr aufgehört, Pächter zu sein; Ihr müsset morgen das Haus räumen und Euren Stab weiter setzen. Von Eurer Hauseinrichtung oder Eurem

Vieh werde ich soviel zurückbehalten, als die fehlende Summe beträgt. Übrigens hat sich schon ein anderer Pächter gemeldet, der mehr Pachtgeld als Ihr zu bezahlen verspricht.« Er langte den Pachtbrief aus dem Aktenkasten hervor, schlug ihn auseinander und sagte: »Da leset! Den Vertrag habt Ihr unterschrieben. Da steht Euer Name. Daran ist nichts mehr zu ändern. Ihr wisst hiermit meine Meinung und könnt gehen.«

Lorenz ging mit schwerem Herzen durch den Wald zurück, seiner Wohnung zu. Er dachte beständig daran, was für einen Jammer sein Weib und seine Kinder erheben würden; die Tränen drangen ihm in die Augen, und er seufzte öfter so mächtig, als wollte er die Seele aushauchen. Der Weg führte nicht weit von jenem Eichbaum vorbei, unter dem er den kleinen Ludwig gefunden hatte. Er begab sich auf dem schmalen Seitenweg dahin, kniete unter dem Baum nieder und betete mit Inbrunst, mit heißen Tränen und fest gefalteten Händen: »Lieber Gott! Hier auf dieser Stelle kniete Ludwig als ein armes verlassenes Kind und flehte mit erhobenen Händchen zu dir – und du hast sein Flehen erhört! Nun knie ich hier und flehe in meiner Not ebenso zu dir. Ach, lass mein Flehen zu dir kommen! Erbarme dich meiner – meines Weibes – meiner Kinder – auch des guten Ludwigs! – Ach du lieber Gott, du sagtest ja selbst: Seid barmherzig, so will ich auch gegen euch barmherzig sein! Nun, ich habe mich des fremden Kindes erbarmt; erbarme du dich nun auch meiner und meiner Kinder! Oh du guter Gott, lass mein Flehen nicht unerhört.«

Lorenz stand sehr getrost von seinem Gebet auf. Er war kaum einige hundert Schritte weit gegangen, so kam ihm seine Johanna eilig entgegen. Lorenz war darüber nicht wenig befremdet und rief: »Ist etwas Unangenehmes vorgefallen, dass du so eilig hierherkommst?«

Allein sie rief: »Nichts als Gutes!« und lächelte dabei so heiter wie ein Engel.

»Nicht wahr«, sagte sie, »der Verwalter will nicht warten?«

»Nein«, sprach Lorenz bekümmert, »das will er nicht!«

»Das dachte ich wohl!« sagte Johanna mit freudigem Angesicht.

Lorenz sprach: »Und das kannst du mit lachendem Mund sagen?«

»Jetzt wohl«, sagte Johanna; »denn Gott hat uns geholfen. Mein Herz ist so voll Dank und so voll Freude, dass ich laut jubeln und Gott vor aller Welt danken möchte! – Ich konnte nicht solange warten, bis du nach Hause kämest; ich musste dir entgegeneilen, um dir das große Glück, das uns zuteil ward, sogleich zu verkünden. Gott hat uns wunderbar gerettet! Da sieh einmal!« Sie öffnete die Hand und zeigte ihm zwanzig glänzende Goldstücke, alle fast neu geprägt und mit scharfem Rand.

Lorenz traute kaum seinen Augen. »Um Gottes Willen«; rief er, »wie kommst du zu so vielem Gold?«

Johanna sagte: »Du könntest Tage, ja wohl jahrelang raten und würdest es doch nicht erraten. Ich will es dir also nur sogleich ausführlich erzählen! Als du fort warst, wurde mir das Herz recht schwer, ach so schwer, dass ich es gar nicht aussprechen kann. Die größeren Kinder waren mit Ludwig in der christlichen Lehre; die kleineren spielten draußen auf dem grünen Rasen im Baumgarten; das Kleinste lag in der Wiege und schlief recht sanft und süß. Ich suchte die Kleidungsstücke der Kinder zusammen, die des Ausbesserns bedurften, und setzte mich an den Tisch in der untern Stube. Ich nähte sehr emsig und betete dabei beständig, recht aus dem Innersten meines Herzens. Ich blickte dabei bald durch das Fenster auf die Kinder im Garten, bald auf das Kind neben mir in der Wiege. ›Ach Gott‹, seufzte ich öfter, ›erbarme dich dieser armen Kinder, die von dem Kummer, der mich drückt, und von dem Jammer, der ihnen droht, noch nichts wissen!‹ Manche Mutterzähre fiel auf das Kinderkleidchen, an dem ich eben nähte. Ich kam nun an Ludwigs blauen Frack, der auch anfängt, hier und da etwas schadhaft zu werden. Ich nähte eine Naht zu, die aufgegangen war, und sah nun noch nach, ob nicht ein oder der andere Knopf beschädigt sei oder gar fehle. Da bemerkte ich, dass an einem der mit blauem Tuch überzogenen Knöpfe der Rand etwas aufgeritzt sei. Aus der kleinen Ritze schimmerte etwas hell wie Gold hervor. Ich machte die Öffnung mit dem Nagel des Fingers etwas größer – und ein Goldstück kam zum Vorschein. Du kannst dir denken, wie ich erstaunte. ›Lieber Himmel‹, dachte ich, ›das ist ja Gold! Wie kam dieses da hinein?‹ Ich sann nach; ich konnte mir nichts anderes denken, als man müsse es da eingenäht haben, um es zu verbergen. Die Mutter des guten Ludwigs, dachte ich, musste sich flüchten. Die Geflüchteten sind vielen Gefahren ausgesetzt. Sie suchte daher das Geld auf diese Art vor räuberischen Händen zu verwahren. Sicher enthalten die übrigen Knöpfe auch noch Gold. Ich trennte einen Knopf nach dem andern ab, öffnet den Überzug und fand in jedem ein Goldstück. So kam ich zu diesen zwanzig Dukaten; so hat Gott uns aus der Not geholfen. Du kannst nun den Herrn Verwalter bezahlen, und wir dürfen mit unsern lieben Kindern wieder in unserer Wohnung bleiben!«

Lorenz fragte bedenklich: »Ich weiß nicht, ob uns mit dem Geld geholfen ist! Es ist ja nicht unser; es gehört Ludwigs Mutter. Vor fremdem Gut bewahr mich Gott!«

»Mir fiel das auch ein«, sagte Johanna, »und ich überlegte die Sache. Höre einmal, was ich davon denke. Da Ludwigs Mutter nicht so arm ist, als wir dachten, ja wohl reicher, als wir es sind, so ist sie gewiss bereit, uns für ihr Kind ein billiges Kostgeld zu bezahlen. Wir können es auch mit allem Recht fordern. Und da denke ich, ein Gulden für die gänzliche Verpflegung die Woche hindurch sollte nicht zuviel sein. Überdies haben wir auf Ludwig sonst noch manches verwendet. Er kam zu uns, wie er stand und ging, und hatte nicht einmal einen Hut; du kauftest ihm einen hübschen Hut, ich versah ihn mit Weißzeug und kleidete ihn in selbstgesponnene, dichtgewebte blaue Leinwand, damit er seinen schönen Frack für die Sonntage sparen könne; wir ließen auf seine alten Schuhe neue Sohlen machen und schafften ihm ganz neue Schuhe an. So haben wir ihn vom Kopf bis zu den Füßen gekleidet. Kost und Kleidung beträgt bis diese Stunde schon bei weitem mehr als zweiundzwanzig Gulden. Nimm du daher diese vier Dukaten hier, die gerade zweiundzwanzig Gulden ausmachen, getrost, und bringe sie dem Verwalter.«

»Wahrhaftig!« rief Lorenz hocherfreut. »Du hast recht. Wir können die vier Dukaten mit gutem Gewissen für uns verwenden. Gott hat uns aus unserer großen Not errettet. Ihm sei Lob und Dank!« Er schwieg voll frommer, dankbarer Rührung. »Aber«, fing er über eine Weile an, »der Verwalter wird sich wundern, wie ich so schnell zu dem Geld gekommen bin. Was soll ich ihm sagen, wenn er mich darum fragt?«

»Ei«, sprach Johanna, »sag nur, deine Hausfrau habe dir das Gold gegeben; es sei ein heimliches Geld, von dem du bis zu dem Augenblick, da ich es dir gab, nichts gewusst habest. Aber nun geh; ich will auch, so schnell ich kann, zu unsern Kindern nach Hause eilen!«

»Komm erst noch ein wenig mit mir!« sagte Lorenz. »Ich muss dir noch den Eichbaum zeigen, unter dem ich den guten Ludwig gefunden habe.« Er ging voran in das Gebüsch, und sie folgte ihm. »Sieh, Johanna«, sagte Lorenz, als sie auf dem kleinen, grünen Platz standen, »dies ist der Baum, unter dem Ludwig so herzlich zu Gott gefleht hat und von ihm erhört wurde. Unter ebendiesem Baum flehte auch ich eben jetzt in meiner betrübten Lage zu Gott – und auch mein Gebet wurde erhört. Ach, ich dachte nicht, ja, ich hätte es kaum für möglich gehalten, das ich dem barmherzigen Gott noch in ebendieser Stunde unter ebendieser Eiche für seine Hilfe in der Not würde danken können.«

Lorenz sank mit erhobenen Händen und zum Himmel gerichteten Blicken auf die Knie und rief: »Liebster himmlischer Vater! Ebenso innig, als ich vorhin zu dir betete, möchte ich dir jetzt danken. Du hast mein Gebet nicht verschmäht; oh lass dir nun auch meinen Dank nicht missfallen!«

Johanna kniete neben ihren Mann hin und stimmte in seinen Dank mit ein. Beide freuten sich unaussprechlich, dass der große, allmächtige Gott so liebreich für uns arme Menschen sorge, unser gedenke und uns aus unsern Nöten errette; ihre Liebe, ihr Vertrauen zu Gott, ihre kindliche Dankbarkeit gegen ihn erfüllte ihr Herz mit einer höheren, reineren Freude, als alles Gold der Erde ihnen hätte verschaffen können.

Johanna eilte nach Hause; Lorenz machte sich wieder auf den Weg nach Waldenberg. Es ward ziemlich spät, bis er in sein kleines Tal zurückkam. Der Vollmond stand bereits hoch am Himmel, beleuchtete das freundliche Dörflein und spiegelte sich in dem stillen See. Johanna saß auf der Bank vor ihrer Haustür und wartete auf ihren lieben Mann. Sie hatte die Kinder schon längst zu Bett gebracht und das Nachtessen auf die Glut gestellt. Beide gingen nun in die Stube, aßen zusammen zur Nacht und redeten von den Begebenheiten des verflossenen Tages.

Lorenz fragte unter anderm: »Weiß Ludwig davon, dass in seinem Frack Geld eingenäht war?«

»Nein«, antwortete Johanna. »Ich habe ihn darüber ausgeforscht. ›Du, Ludwig‹, sagte ich zu ihm, ›die Knöpfe an deinem Frack sind bereits sehr abgenützt. Ich habe sie herausgenommen und werde sie wegwerfen. Anstatt der tuchenen Knöpfe will ich metallene hineinsetzen, die dauerhafter sind und wie Gold glänzen.‹ Darüber freute er sich sehr und hatte nichts dagegen einzuwenden. Wenn er von dem Gold gewusst hätte, so hätte er gewiss gesagt, ich solle zuvor das Gold herausnehmen, ehe ich das Tuch wegwerfe.«

»Nun wohl«, sprach Lorenz; »da seine Mutter nicht für ratsam hielt, ihm etwas von dem Gold zu sagen, so sagen wir ihm auch nichts davon.«

»So meine ich auch«, sagte Johanna. »Obwohl er indes nichts von dem Gold weiß, so soll es doch nur allein für ihn verwendet werden. Ich will schon so gut damit haushalten als wie mit einem anvertrauten Gut, von dem ich einst Rechenschaft ablegen muss. Ich will alles, was ich davon ausgebe, fleißig aufschreiben und gleichsam die Vormünderin des Knaben sein. – Ich war bisher oft recht bekümmert, woher wir Geld nehmen wollen, ihn zu kleiden. Der lebhafte Knabe ist sogleich wieder mit einem Paar Schuhe fertig. Nun hat Gott auch dafür gesorgt. Die Mutter des guten Ludwig hat ihm, ohne diese Absicht zu haben, soviel, ja mehr Geld, als er jetzt nötig hat, mitgegeben, indem sie das Gold in sein Kleid einnähte.«

»Das Gold«, sagte Lorenz, »war ein heimlicher Schatz, den Ludwig, ohne es zu wissen, in unser Haus brachte, und der nun auch uns zum Segen gereicht. Ohne die Beihilfe dieses Geldes hätten wir das Pachtgeld nicht bezahlen können.«

»Sicher nicht«, sagte Johanna. »Was wir für den Knaben an barem Geld ausgelegt haben, ist wenig; was er bei uns verzehrte, achteten wir in der Haushaltung kaum. Wir hätten, wenn wir das Kind nicht zu uns genommen hätten, keine zehn, viel weniger zweiundzwanzig Gulden erspart.«

»So ist es, meine liebste Johanna«, sagte Lorenz. »Wenn wir das Kind nicht in unser Haus aufgenommen hätten, so müssten wir jetzt dieses Haus mit unsern Kindern verlassen. Indem wir diesem Kind eine Wohltat erzeigten, hat Gott uns und unseren Kindern durch eben dieses Kind eine noch viel größere Wohltat erwiesen. Oh lass uns Gott loben und preisen, der alles so weislich fügt und auch das kleinste Gute, das wir tun, hier oder dort reichlich belohnt.«

Lorenz blickte gerührt zum Himmel. Johanna faltete die Hände. Beide schwiegen. Es war eine andächtige Stille. Der Mond schien durch die grünen Zweige der Bäume am Haus hell und freundlich ins offene Fenster; die milde Abendluft wehte süße Wohlgerüche der Lindenblüte herein. Das fromme Dankgebet der guten Leute aber war vor Gott ein angenehmeres Abendopfer als der köstlichste Weihrauch.

8. Die fremden Krieger

Indes hatte der Herbst, der sich sehr heiter und freundlich eingestellt, die Wälder um Ellersee bunt gefärbt, und noch immer hatte kein Soldat das freundliche Dörflein betreten. Man merkte es nur an den höheren Abgaben, dass es Krieg sei. Allein eines Abends widerhallte das kleine Tal plötzlich von kriegerischen Trommeln. Ein französisches Regiment zog durch das Dorf, und eine Kompagnie davon blieb da, um auf unbestimmte Zeit hier zu verweilen. Johanna war doch etwas ängstlich, die französischen Soldaten möchten dem guten Ludwig als dem Kind ausgewanderter Eltern feindselig begegnen, und es auch ihr und ihrem Mann entgelten lassen, dass sie ihn in ihr Haus aufgenommen hatten. Es ward dem Lorenz angesagt, auch er werde einen Mann in das Quartier bekommen, er solle sich unter die Linde des Dorfes begeben, um ihn abzuholen.

Ludwig wollte geschwind seinen Sonntagsfrack anziehen, um darin dem erwarteten Gast sein Kompliment zu machen. Allein Johanna sagte: »Behalte nur deine Werktagskleider an; es wird gut sein, wenn du um nichts besser gekleidet erscheinst als Konrad. Hüte dich auch, Französisch zu sprechen, und lass beileibe kein französisches Wörtlein von dir hören. Unsere fremden Gäste müssen es nicht sogleich wissen, dass du ein kleiner Landsmann von ihnen bist. Wir müssen erst sehen, wie sie sich gegen uns betragen.«

Als der Soldat, ein Mann von ernstem kriegerischem Aussehen, in die reinliche Stube trat und lauter freundliche Gesichter erblickte, schien er sehr zufrieden. Er setzte sich an den Tisch und stopfte seine Pfeife. Ludwig brachte eilig Licht, den Tabak damit anzuzünden. Konrad brachte einen Krug gutes Bier und ein sehr reines, helles Trinkglas dazu. Liese deckte indes den Tisch. Sobald der Mann seine Pfeife ausgeraucht hatte und sie ausklopfte, trug Liese die Suppe auf. Ludwig brachte hierauf ein paar gebratene Tauben, und Konrad folgte ihm mit dem Salat. Der ernste Krieger lächelte freundlich und nickte stillschweigend mit dem Kopf; es gefiel ihm sehr, dass die Kinder ihn so emsig bedienten. Auch ließ er es sich wohl schmecken. Ludwig setzte sich indes in die Ecke der Stube und verwandte kein Auge von dem Mann.

Nach dem Essen kam noch ein anderer Soldat herein, seinen Kameraden zu besuchen, und fing ein lebhaftes Gespräch mit ihm an. Als Ludwig nach so langer Zeit seine Muttersprache wieder reden hörte, war es ihm, als höre er eine himmlische Musik. Er sprang auf und begrüßte die zwei Soldaten in französischer Sprache aufs freundlichste. Die Soldaten schauten den zarten, lieblichen Knaben in Bauernkleidern, der so rein und fertig Französisch sprach, verwundert an. Sie zweifelten keinen Augenblick, dass er ein geborener Franzose sei, und fragten ihn, wie er hierher geraten. Ludwig erzählte, wie er mit seiner Mutter eine Reise gemacht, wie er von dem bösen Kuckuck in den Wald gelockt wurde und sich dort verirrte, wie Lorenz und Johanna ihn so gütig und liebevoll aufgenommen und wie er seit dieser Zeit nichts mehr von seiner Mutter gehört habe. Beide Soldaten bezeigten ihm ihre herzlichste Teilnahme und wurden gegen Lorenz und Johanna ganz ungemein freundlich. Sie drückten Lorenz und Johanna kräftig die Hand und ersuchten Ludwig, auch in ihrem Namen und in deutscher Sprache diesen seinen Pflegeeltern zu danken, dass sie ihm so viele Liebe erwiesen.

Am andern Morgen wurde es sogleich unter allen Soldaten im Dorf bekannt, dass sich ein kleiner Knabe aus Frankreich in dem Dorf aufhalte. Viele Soldaten kamen in das Haus, ihn zu sehen, und hatten eine große Freude an ihm. Der Offizier aber, dem Ludwig als ein sehr liebenswürdiger Knabe geschildert wurde, ließ ihn zum Mittagessen einladen. Ludwig eilte sogleich in seine Kammer hinauf und kam bald wieder festlich gekleidet herab. Er hatte seinen dunkelblauen Frack angezogen; seine Weste und langen Beinkleider waren so weiß wie Schnee. Johanna brachte sein schönes, schwarzlockiges Haar in Ordnung. So schön geputzt und den Hut in der Hand, trat er mit seinem gewöhnlichen Anstand in das Zimmer des Offiziers, verneigte sich und sagte, er rechne es sich zur Ehre, mit ihm speisen zu dürfen. Der Offizier fand großes Wohlgefallen an dem artigen Knaben und unterhielt sich während der Mahlzeit mit ihm sehr gut; denn Ludwig war ganz ungemein fröhlich und gesprächig.

Der Offizier mit seinen Soldaten zog wieder ab; von Zeit zu Zeit kamen wieder andere. Der kleine Ludwig ward von nun an in dem Dorf eine Person von großer Wichtigkeit. In vielen Häusern entstand zwischen den fremden Kriegern und den Hauseinwohnern Streit – bloß weil die einen die Sprache der andern nicht verstanden. Ludwig wurde gerufen, und half oft mit einigen Worten aus aller Verlegenheit. Oft stand der zarte Knabe unter der Linde des Dorfes zwischen den ergrauten Gemeindemännern und bärtigen Kriegern, die ohne seine Vermittlung einander nicht verstanden hätten, und beide Teile bezeigten ihm ihren Dank. Mancher Trupp kam mit trotzigen Mienen und drohenden Blicken in das Dorf! Sobald aber Ludwig sie in ihrer Muttersprache freundlich grüßte, erheiterten sich plötzlich alle Gesichter, und manches Unheil, das sie sonst vielleicht angerichtet hätten, unterblieb.

Die Bauern erkannten es auch, welche große Dienste ihnen Ludwig leiste. »Wenn Ludwig nicht wäre«, sagten sie öfter, »so wäre es uns schon manchmal übel gegangen.« Der Ortsvorstand machte daher den Vorschlag, weil Lorenz schon einen kleinen Franzosen, der dem ganzen Dorf sehr nützlich ist, im Quartier habe, so solle er künftig von anderen Einquartierungen frei sein. Nach einigem Widerspruch von etlichen Wenigen nahm die Mehrzahl diesen Vorschlag an, und Lorenz, dem es doch etwas schwerfiel, seine zahlreichen Kinder zu ernähren, wurde dadurch sehr erleichtert.

9. Der Verwundete

Nunmehr wurden die Begebenheiten immer ernsthafter. Die Franzosen hatten die waldige Gegend, worin das Dorf lag, besetzt; die Deutschen suchten sie daraus zu vertreiben. Nicht weit vom Dorf über dem See, in einer sumpfigen, mit zerstreutem Gebüsch bedeckten Gegend, fiel ein hitziges Gefecht vor. Die Einwohner von Ellersee standen in Scharen auf einer kleinen Anhöhe neben dem Dorf und schauten zu. Man sah hier das Feuer und hörte den Knall von jedem Schuss; von den Kämpfenden konnte man jedoch wegen des Rauches und der Entfernung wenig unterscheiden. Ludwig war einer der ersten, die sich auf dem Hügel eingefunden hatten. Mit begierigen Blicken und klopfendem Herzen sah er dem Kampf zu; es war ihm, als ginge jeder Schuss ihm durch das Herz, weil er dachte, dass jeder einem Menschen das Leben kosten könne. Der gute Knabe war sehr blass und stand unbeweglich da – und wie stumm. Nur bezeigte er seine Verwunderung, dass man zuerst das Feuer vor dem Schuss auffahren sehe, den Knall aber erst eine gute Weile nachher vernehme.

Das Gefecht währte bis an den späten Abend. Als es bereits dämmerte und das Gewehrfeuer sich immer weiter entfernte, kam aus jener Gegend her ein Bauersmann und erzählte mit bleichem Angesicht und bebender Stimme, was er von dem Kampf wusste. »Mir wäre es bald übel gegangen«, sagte er. »Ich wanderte ruhig meines Weges hin; da fing es auf einmal an, zu beiden Seiten des Weges zu krachen. Ich war gerade zwischen die zwei Feuer der streitenden Parteien geraten. Die Kugeln pfiffen rechts und links an mir vorbei. Voll Angst und Schrecken kroch ich in einen Busch und blieb da versteckt, bis das entsetzliche Schießen sich weit genug hinweg gezogen hatte. Auf dem Weg hierher«, fügte er noch bei, »sah ich einen verwundeten französischen Offizier liegen. Ich hätte ihm gerne Hilfe geleistet; allein ich war froh, dass ich mit dem Leben davongekommen, eilte weiter, so schnell ich konnte.«

Da Ludwig dies hörte, bat er die Bauern flehentlich, doch hinauszugehen und den Verwundeten hereinzubringen. Einige Bauern schienen dazu geneigt. Allein einer der Männer, jener Krall, der sich schon früherhin gegen Ludwig und Lorenz so feindselig gezeigt hatte, rief: »Nein, das ist nicht zu wagen! Mich dünkt, das Schießen rücke wieder näher. Hört ihr nicht, wie es kracht und donnert und im Wald widerhallt? Wie leicht könnte da einen von euch eine Kugel treffen! Wann der Kampf geendet ist, so werden diejenigen, die das Schlachtfeld behaupten, schon für die Verwundeten sorgen; uns haben sie dazu nicht nötig.«

Auf diese Rede wagte es keiner aus den Bauern, dem verwundeten Offizier zu Hilfe zu kommen. Als das Schießen nachließ, zerstreuten sich die Bauern nach und nach und gingen nach Hause. Ludwig blieb noch und horchte ängstlich nach der Gegend hin. Das Gewehrfeuer hörte auf, und es herrschte eine schauerliche Stille. Allein Ludwig vernahm von Zeit zu Zeit eine Stimme, die um Hilfe zu rufen schien. Der gute Knabe hatte gegen alle Menschen das wohlwollendste Herz, besonders aber gegen seine Landsleute. Er konnte sich nicht mehr halten. Er sprang den Hügel hinab, lief längs dem See hin und eilte der Stimme des Rufenden zu. Unter einem Weidenbaum fand er den französischen Offizier. Er lag auf dem sumpfigen Boden, war noch sehr jung, totenblass, aber von sehr edler Gesichtsbildung. Eine Kugel hatte ihn am rechten Fuß schwer verwundet. Weder Freund noch Feind konnte sich in der Hitze des Gefechtes um ihn annehmen. Er hatte die Wunde, um das Verbluten zu verhindern, mit seinem Taschentuch verbunden und hatte versucht, indem er sich auf eine Flinte stützte, die während des Gefechtes verlorengegangen, das Dorf zu erreichen. Allein er vermochte nicht sich weiter fortzuschleppen und war unter dem Weidenbaum entkräftet liegengeblieben. Seine Wunde schmerzte ihn heftig; der leichte Verband konnte das Blut nicht ganz stillen, und er litt brennenden Durst. Die Abendluft wehte kalt. Er hatte sich schon darein ergeben, hier auf dem feuchten Boden in der kalten Nacht umzukommen, und hatte eben seine Seele Gott empfohlen. Da erblickte er den holden Knaben in ländlichen Kleidern, der ihn zu seinem nicht geringen Erstaunen in französischer Sprache anredete, auf das freundlichste grüßte und voll des herzlichsten Mitleids versprach, ihm Hilfe zu verschaffen. Dem jungen Offizier war es nicht anders, als sähe er einen Engel des Himmels. Er klagte ihm seine Not. Ludwig sagte, er wolle ihm sogleich zu trinken bringen und Leute zu Hilfe rufen. Er lief der Mühle zu, wo er einige hundert Schritte näher hatte als zu dem Dorf. Er bat den Müller, den verwundeten Offizier in die Mühle hereintragen zu lassen, weil er sonst draußen umkommen würde.

Der Müller sagte mit bedenklicher Miene: »Das wäre höchst gefährlich! Das Treffen ist zwar vorbei, allein vor wenigen Augenblicken hörte ich doch noch einigemale schießen, und mich deuchte, ziemlich nahe. Ich getraue mir nicht, mich und meine Leute der Gefahr auszusetzen, erschossen zu werden.«

Allein Ludwig fiel dem Müller zu Füßen und flehte mit aufgehobenen Händen, um der Barmherzigkeit Gottes willen sich des Unglücklichen zu erbarmen. »Denkt an den barmherzigen Samariter«, sagte er unter anderem, »und geht hin und tut desgleichen.«

Der Müller wurde gerührt und befahl seinem Knecht, eine Tragbahre zu nehmen und mit ihm zu kommen. Ludwig eilte mit einem Krug Wasser voran, reichte dem Offizier, der vor Durst fast verschmachtete, zu trinken, und dieser trank mehrmals in starken Zügen. »Ach, wie das erquickt!« sagte er; »Gott, der den Trunk Wasser, dem Durstigen gereicht, nicht unbelohnt lässt, wolle dich dafür belohnen, du guter Knabe!«

Die zwei Männer, der Müller und sein Knecht, legten nun den Verwundeten sanft auf die Tragbahre. Ludwig war mit einem Mal verschwunden. Allein kaum hatten die Männer den Offizier in der

Mühle auf ein Bett gebracht, wobei die Müllerin mit einem Kerzenlicht leuchtete, so trat Ludwig mit dem Wundarzt herein, den er indessen aus dem Dorf herbeigeholt hatte. Der Wundarzt verband die Wunde, die er allerdings sehr bedeutend fand, versicherte aber, mit der Hilfe Gottes hoffe er, sie glücklich zu heilen. Ludwig übersetzte das in die französische Sprache, und der Verwundete ward sehr getröstet.

Die Müllerin brachte ihm noch etwas zu essen, und bald darauf schlief er ein. Ludwig sorgte noch dafür, dass ein Nachtlicht angezündet wurde, und begab sich dann sehr vergnügt nach Hause. Das Bewusstsein, eine so edle Handlung vollbracht und einem Menschen das Leben gerettet zu haben, erfüllte sein Herz mit Seligkeit.

Am andern Morgen, bevor die Sonne aufging, war Ludwig schon wieder da und fragte den Kranken, wie er geschlafen habe. Bald darauf kam der Wundarzt und fand den Zustand des Kranken beruhigend. Er sagte unter anderem, zu dem Verband sei viel Scharpie nötig. Ludwig lief sogleich zu seiner Pflegemutter, Scharpie zu bestellen. Sie wusste nicht recht, was das sei. »Das weiß ich wohl, was das ist«, sagte Ludwig; »es ist gezupfte Leinwand. Meine Mutter und ich haben schon viele gezupft. Ich will euch einmal zeigen, wie das gemacht wird.« Die Mutter und alle Kinder bereiteten nach Ludwigs Anleitung und Beispiel um die Wette Scharpie. Ludwig brachte dem Chirurg bald einen ziemlichen Pack. Auch überreichte er den Offizier ein frisches Taschentuch, indem er sagte: »Das Ihrige ist ja voll Blut und für jetzt nicht mehr zu gebrauchen.«

Der Offizier ward von der Aufmerksamkeit und Dienstfertigkeit des guten Knaben sehr gerührt. Die Tränen kamen ihm in die Augen. »Sieh«, sagte er, »der erste Gebrauch, den ich von dem Tuch mache, sei dieser, dass ich mir die Tränen des Dankes damit abtrockne.«

Ludwig besuchte den jungen Offizier, der sonst keinen Menschen hatte, mit dem er reden konnte, täglich mehrmals und saß manche Stunde an seinem Bett. Er erzählte von seinem Vater, dessen er sich zwar nur mehr dunkel erinnerte, ihn aber aus den Erzählungen seiner Mutter kannte; er sprach sehr oft von seiner Mutter, von ihrer Liebe zu ihm und von ihrer traurigen Flucht; er erwähnte auch seines strafbaren Leichtsinnes und seiner Verirrung im Wald. »Ach«, sagte er voll des innigsten Schmerzes, »welch einen großen Kummer habe ich meiner innigst geliebten Mutter verursacht! Ich kann ihrer Muttertränen, die sie über meinen Verlust weinte, nicht gedenken, ohne, wie Sie sehen, selbst zu weinen.«

Der Offizier, fast noch ein Jüngling, gedachte der Tränen, die seine Mutter beim Abschied von ihm vergossen hatte und des tiefen Schmerzes seines Vaters. Er hatte, wiewohl er der Sohn reicher Eltern war, Soldat werden müssen, jedoch bei seiner Bildung und seinem Mut sich vom Gemeinen bald zum Offizier emporgeschwungen. »Liebster Ludwig«, sagte er, »es ist wunderbar, dass wir beide, nachdem wir von unsern Eltern so weit entfernt worden, im fremden Land so zusammentreffen mussten! – Du, lieber Knabe, hast mir das Leben gerettet und erzeigest mir täglich große Gefälligkeiten und Wohltaten. Ich bin jetzt arm und habe keinen Heller mehr in meinem Vermögen. All mein Taschengeld und meine Uhr sind mir als Beute abgenommen worden. Allein ich hoffe, es werde noch die Zeit kommen, da ich dir deine Liebe vergelten und etwas für dich und die Deinigen tun kann. Gott, der dich schon früher – zu meiner Rettung! – in dieses Dorf geführt hat, ließ vielleicht auch mich hierherkommen, dir in der Folge nützlich zu werden.«

Mit der Wunde des jungen Offiziers, der Lebrun hieß, ging es täglich besser; sie heilte sehr schön, wiewohl etwas langsam. Das größte Leiden war es ihm, dass er sich so ganz ohne Beschäftigung sah. So angenehm er sich manche Stunde mit dem kleinen Ludwig unterhielt, so hatte er doch oft Langeweile. Da brachte ihm Ludwig einige französische Bücher, die er von dem Herrn Pfarrer entlehnt hatte. Obwohl die Bücher ernsten Inhaltes und mehr zur Belehrung als Unterhaltung geschrieben waren, so las Lebrun sie dennoch mit großem Vergnügen. Er bezeigte öfter sein Erstaunen, dass diese Bücher, von denen er bisher nicht die beste Meinung hatte und sie gering achtete, so große Wahrheiten in einer so edlen, schönen Sprache enthielten. »Diese Bücher«, sagte er in der Folge öfters, »haben vieles zu der Bildung meines Verstandes und Herzens beigetragen. Ich sehe es als eine eigene Fügung Gottes an, dass er mich aus dem Getümmel der Welt und dem Tumult des Krieges herausriss, mich in diese einsame Kammer versetzte und diese lehrreichen Schriften in meine Hand kommen ließ. Ich lernte dadurch Gott und mich selbst mehr kennen und ward ein besserer Mensch. In der Tat, Gott weiß alles sehr gut zu fügen.«

Indessen drangen die französischen Kriegsheere wieder vorwärts. Viele Offiziere und Soldaten kamen durch Ellersee. Sie hatten eine unbeschreibliche Freude, den trefflichen Lieutenant Lebrun, den sie sehr schätzten und liebten, aber für tot hielten, wiederzusehen. Sie überhäuften Ludwig mit Lobpreisungen. Lebrun, der so weit hergestellt war, dass er an einem Stab gehen konnte, wurde eingeladen, sich in eine etwas entfernte Stadt zu begeben, wo er besser konnte verpflegt werden. Er nahm, bevor er in den Reisewagen stieg, von Ludwig den zärtlichsten Abschied, dankte ihm für die erwiesenen Wohltaten und sagte noch: »Weine nicht, lieber Ludwig! Wir nehmen nicht auf immer Abschied; wir sehen uns wieder.«

Ein Hauptmann mit einer Schar Soldaten blieb noch einige Zeit in dem Dorf. Als endlich auch dieser abziehen sollte und mit seinen Soldaten unter der großen Linde des Dorfes zum Abzug bereit stand, berief er die ältesten Männer der Gemeinde. Es kamen aber noch viele andere Leute, Männer, Weiber und Kinder herbei. Der Hauptmann, ein Elsässer, der gut Deutsch sprach, lobte sie sehr, dass sie den kleinen Ludwig so liebreich aufgenommen. »Der gute Knabe«, sagte er, »hat den französischen Kriegern, besonders aber dem verwundeten Offizier, große Dienste erwiesen. Indes werdet Ihr auch uns bezeugen müssen, dass wir Euch mit großer Schonung behandelt, uns mit Wenigem begnügt und Euch alle unnötigen Kosten erspart haben. Ihr wisst, dass Ihr noch eine nicht geringe Summe Geldes an Kriegs-Kontribution zu bezahlen habt. Auf Befehl des Obergenerals, dem Euer freundliches Benehmen gegen Ludwig gemeldet worden, ist Euch diese Summe erlassen, und ich übergebe hiermit dem Ortsvorstand die schriftliche Urkunde, dass wir an Euch keine weitere Forderung mehr zu machen haben. Diese milde Behandlung habt Ihr dem liebenswürdigen Ludwig zu danken!« Er drückte hierauf dem Ortsvorstand, dem Müller, einigen anderen Männern, besonders aber dem Lorenz, mit Tränen in den Augen die Hand – und winkte dann dem Tambour. Die Trommel wirbelte; die Soldaten schwangen die Hüte, stimmten in den Dank des Hauptmanns mit ein und zogen zum Dorf hinaus.

Die Bauern waren von dem Dank des Hauptmanns sehr gerührt und über den Nachlass der großen Geldsumme hoch erfreut. »Hab ich es nicht gesagt«, rief bald dieser, bald jener, »man solle den Ludwig in unser Dorf aufnehmen?« Diejenigen aber, die davon abgeraten hatten, besonders Krall, schwiegen still und hingen die Köpfe. Der Ortsvorstand sprach: »Es ist gut, dass wir dem guten Rat unsers Herrn

Pfarrers gefolgt haben. Er ist doch ein frommer, weiser Mann! Er sagte es uns voraus, Ludwig, wiewohl er ein armer Knabe sei, werde dem ganzen Dorf zum Segen gereichen. Und diese seine Weissagung ist nun in Erfüllung gegangen.«

»Ja, ja!« rief einer der erfreuten Bauern. »So ist es. Es bleibt doch wahr, was wir als Kinder schon in unserm Katechismus gelernt haben: ›Selig sind die Barmherzigen, denn sie werden Barmherzigkeit erlangen.‹« Und die übrigen Bauern gaben ihm recht.

10. Eine gerichtliche Anklage

Nunmehr wurde Waffenstillstand gemacht. Schon seit einigen Wochen hatten sich weder ein feindlicher noch freundlicher Krieger in Ellersee blicken lassen. Alles freute sich auf den Frieden, den man sehr nahe glaubte, und es war den Leuten, als scheine die Sonne heller und freundlicher in das Dorf. Nur über Lorenz und die Seinigen kam eine große Trübsal. Er wurde beschuldigt, dem Kirchenbauer, einem der reichsten Bauern im Dorf, eine ansehnliche Summe Geldes entwendet zu haben.

Die Sache war diese: Lorenz hatte in dem Garten dieses Bauers einige Bäume gepfropft, was er sehr gut verstand. Der Garten war von einer niedrigen, etwas baufälligen Mauer aus Ziegelsteinen umgeben. Lorenz hatte die Pfropfreiser und übrigen Gerätschaften auf die Mauer gelegt, weil sonst kein bequemer Platz vorhanden war. Allein an eben der Stelle hatte der Bauer, hinter einem Ziegelstein, der los war und leicht konnte herausgenommen werden, mehrere Goldstücke aus Furcht vor feindlicher Plünderung verborgen. Als nun die fremden Krieger aus dem Dorf abgezogen waren und der Bauer sein Gold wieder hervorlangen wollte, war es zu seinem Entsetzen nicht mehr vorhanden. Sein Verdacht fiel auf Lorenz. Er wusste, dass es dem Lorenz an Geld gefehlt habe, seinen Pacht ganz zu bezahlen; denn Lorenz hatte ihn damals, als er bei ihm die Bäume pfropfte, wiewohl vergebens, gebeten, ihm Geld vorzustrecken. Der bestürzte Bauer forschte heimlich weiter nach und vernahm von dem Gerichtsdiener, Lorenz habe, was ihm an dem Pachtgeld gefehlt, in Gold bezahlt. Der Bauer hielt es nun für ausgemacht, Lorenz habe das vermisste Gold gestohlen. Er ging daher zu dem Verwalter in Waldenberg, der zugleich Gerichtshalter war, und verklagte den Lorenz. Der Verwalter war sehr betroffen. Er hatte die Goldstücke noch, die er von Lorenz bekommen, holte sie, verbarg sie aber in der Hand und fragte den Bauer, von welcher Art und Beschaffenheit die entwendeten Goldstücke gewesen? Sie waren von eben der Sorte. Der Verwalter legte ihm nun die Goldstücke vor. Der Bauer rief höchst erfreut: »Es sind die nämlichen, die mir Lorenz gestohlen hat!« und wollte sogleich zugreifen und sie einstecken. Allein der Verwalter sagte: »So schnell geht es nicht! Ich muss den Lorenz zuvor auch noch hören.«

Lorenz wurde gerufen und verhört, wie er zu dem Geld gekommen sei. Er versicherte, dass die Goldstücke sich in den tuchenen Rockknöpfen Ludwigs vorgefunden hätten; er berief sich auf den Zettel, auf dem seine Ehegattin Johanna sowohl den Fund als was sie davon für Ludwig ausgegeben, getreulich verzeichnet hatte.

Der Verwalter ließ nun durch den Gerichtsdiener unverzüglich Johanna vorrufen, mit dem Befehl, den angeblichen Zettel mitzubringen. Johanna kam zitternd und bebend; sie hielt es schon für eine große Beschämung, von einem Gerichtsdiener vor Gericht geführt zu werden. Lorenz musste abtreten, und Johanna wurde vernommen; ihre Aussage stimmte genau mit den Aussagen ihres Mannes überein. Das Blatt, das sie mitgebracht, durchsah der Verwalter mit sichtbarem Wohlgefallen. Allein er sagte dennoch: »Das wäre alles gut; wer steht mir aber dafür, dass Ihr den Zettel nicht in der hinterlistigen Absicht geschrieben habt, im Falle der Handel vor Gericht käme, mich zu hintergehen?«

Er ließ nun auch noch Ludwig rufen; allein dass Ludwig ganz und gar nichts von den Goldstücken wusste, war für Lorenz und Johanna ein bedenklicher Umstand. Der Verwalter war ein strenger Mann, aber gerecht. Er war deshalb in Verlegenheit und wusste nicht, ob er der Aussage des Lorenz Glauben beimessen oder alles für Lug und Trug und einen abgeredeten Handel ansehen sollte. Er getraute sich nicht, den Lorenz zu verurteilen, aber auch nicht, ihn loszusprechen. Er ließ die Sache einstweilen beruhen; allein auf Lorenz und Johanna blieb in den Augen vieler Menschen der schwere Verdacht liegen, sie hätten gestohlen.

Die Begebenheit machte in Ellersee großes Aufsehen und erregte keinen geringen Lärm. In allen Häusern und wo im Dorf oder Feld ein Mensch dem andern begegnete, wurde davon gesprochen. Die

Kinder des guten Lorenz, Konrad und Liese, kamen oft mit weinenden Augen nach Hause und klagten es ihren Eltern, dass sie von anderen Kindern ein Diebsgesindel gescholten worden.

Lorenz und Johanna wurden zwar von manchem ehrlichen Bauersmann im Dorf als verständige und tugendsame, friedliche und arbeitsame Leute geachtet; allein sie hatten doch auch ihre Feinde. Da sie als fremd in das Dorf gekommen, so waren schon deswegen aller Augen auf sie gerichtet und manches Löbliche an ihnen, das den Leuten ungewohnt vorkam, wurde getadelt. Den Bauern war es überhaupt nicht recht, dass ein Fremder das schöne herrschaftliche Landgütchen in Pacht bekommen. Überdies hätte jener bekannte böse Krall schon früherhin das Gütchen gern gepachtet und hatte damals die Bauern, die ihn fürchteten, zu überreden gewusst, ihn bei der Verpachtung desselben an den Meistbietenden nicht zu steigern. Krall hatte auch geglaubt, er sei, für ein ganz geringes Pachtgeld, schon wirklich Pächter. Er geriet daher, als anstatt der erwarteten herrschaftlichen Genehmigung, Lorenz als neuer Pächter ankam, in den heftigsten Zorn, wurde von der Stunde an Lorenzens abgesagter Feind und schmähte und lästerte bei jeder Gelegenheit über ihn. Jetzt aber behauptete er, Lorenz sei ein ausgemachter Lügner und Dieb, und der eigennützige Kirchenbauer gab ihm vollkommen recht und schalt überdies noch den Verwalter einen ungerechten Richter, weil er ihm jene Goldstücke, die er ihm in der Kanzlei vorgelegt, nicht sogleich zugesprochen und den Lorenz nicht zum Ersatz der übrigen Goldstücke verurteilt habe.

Auch einige Bäuerinnen waren der guten Johanna gar nicht geneigt. Denn Johanna war in einem entfernten Marktflecken, wo sich eine sehr gute Schule befand, von sehr guten Eltern erzogen worden. Sie hatte eine reinere Aussprache und einen feinern Anstand in ihrem Betragen und konnte manchen abergläubischen Meinungen der Bäuerinnen zu Ellersee nicht beistimmen. Überdies behielt sie aus ihrem Geburtsort die dortige Art, sich zu kleiden, auch hier bei, die zwar bei weitem nicht so kostbar als jene der Weiber im Dorf, aber viel netter und zierlicher war. Deshalb wurde sie von ihnen schon bisher immer mit neidischen Blicken angesehen; nunmehr aber begegneten viele von ihnen ihr und ihrem Mann mit der größten Verachtung.

Lorenz tröstete sich mit seiner Unschuld; Johanna aber war sehr betrübt und weinte oft stille Tränen. Lorenz suchte sie zu erheitern und ihr mehrmals Trost einzusprechen. »Liebste Johanna«, sagte er einmal zu ihr, als sie noch spät in der Nacht am Fenster saß und bitterlich weinte, »sieh da den Mond an, der jetzt so schön und hell am Himmel glänzt! Sieh, jetzt kommt eben eine schwarze Wolke und verdunkelt ihn ganz. Allein habe nur eine kleine Weile Geduld. Sieh, jetzt ist die Wolke vorübergezogen, und der liebe Mond glänzt wieder so hell und schön wie zuvor. So ist es mit der Unschuld. Sie kann wohl durch Verleumdungen und falsche Anklagen angeschwärzt und verdunkelt werden, aber am Ende trägt sie doch den Sieg davon. So wird Gott auch die Wolken zerstreuen, die jetzt unsere Unschuld bedecken, und sie wird allen Menschen so hell und klar in die Augen leuchten wie jetzt der Mond.«

11. Das Wiedersehen

Eines Sonntags gingen Lorenz und Johanna mit ihren Kindern, wie gewöhnlich, in die Kirche. Es war ein herrlicher Herbstmorgen. Die Kinder waren sehr fröhlich. Die Mutter aber war sehr betrübt, weil viele der festlich geputzten Leute sie nicht einmal grüßten, sondern sie nur mit verächtlichen Blicken ansahen. Sie betete in der Kirche besonders herzlich, Gott wolle die große Schmach, dass man sie für eine Diebin und ihren Mann für einen Dieb halte, von ihr nehmen.

Als sie nach geendetem Gottesdienst mit ihrem Mann und den Kindern aus der Kirche trat – sieh, da hielt vor ihrem Haus eine prächtige Kutsche, mit vier Pferden bespannt. Die Leute, die vor Johanna hergingen, riefen erfreut: »Das ist die Kutsche unserer Herrschaft! Oh gottlob – unsere gnädige Herrschaft ist wieder von der Flucht zurückgekommen.«

Wirklich stand die Frau von Waldenberg unter Lorenzens Haustür; neben ihr stand eine andere Frau von sehr feinem, adeligem Aussehen, die den Leuten unbekannt war. Ludwig aber tat plötzlich einen lauten Schrei: »Oh mein Gott!« rief er, »Oh, meine beste Mutter!« und sprang mit weit ausgestreckten Armen auf sie zu. Sie fasste ihn in ihre Arme und benetzte sein Angesicht mit reichlichen Freudentränen. Auch Ludwig weinte vor Freuden. Die Leute, die umherstanden, wurden sehr gerührt, und viele hatten Tränen in den Augen. »Es ist Ludwigs Mutter!« flüsterten sie einander zu. »Wer hätte gedacht, dass der arme Knabe eine so vornehme Mutter habe?«

Da indes das Gedränge des Volkes immer größer wurde, führte Frau von Waldenberg den hocherfreuten Ludwig und seine Mutter in die Stube. Die Mutter setzte sich, von der Freude so mächtig angegriffen, dass sie fast nicht mehr zu stehen vermochte, auf die Bank. Sie betrachtete Ludwig mit innigem Vergnügen. »Ei, wie bist du indes gewachsen«, sagte sie, »und wie gesund und blühend siehst du aus!« Sie bemerkte mit Wohlgefallen, wie nett und reinlich Ludwig gekleidet war; denn er hatte einen neuen blauen Frack an, der ebenso gemacht war wie sein voriger, der ihm aber zu klein geworden; sein Halskragen war zwar nicht gestickt, aber weiß wie Schnee, und seine schwarzen Haarlocken waren aufs schönste geordnet. Die Mutter tat hunderterlei Fragen an ihn. Er konnte nicht genug rühmen, wie liebreich seine Pflegeeltern ihn aufgenommen und wie gütig sie ihn diese lange Zeit hindurch behandelt hatten.

Ludwigs Mutter erzählte hierauf, welchen Jammer sie über seinen Verlust empfunden und was ihr seit jener Zeit alles begegnet sei; wie bestürzt der Vater, laut seiner Briefe, über die Nachricht gewesen, Ludwig sei verlorengegangen; wie sie den Vater bisher nicht mehr gesehen habe; wie sie sich freue, ihren lieben Ludwig wiederzusehen, und wie sie hoffe, nun, da der Friede nahe sei, auch den Vater bald wiederzusehen. Beide, Mutter und Sohn, fühlten sich so glücklich und selig, dass sie die ganze Welt um sich her vergaßen.

Lorenz und Johanna verstanden von der ganzen Unterredung nichts; denn es wurde kein deutsches Wort, sondern nur Französisch gesprochen. Indes sahen sie an den lebhaften Reden, an den Mienen, Blicken und Tränen der Redenden, dass ihre Freude unaussprechlich sein müsse.

Frau von Waldenberg wendete sich, da Ludwig und seine Mutter jetzt von Dingen redeten, die ihr längst bekannt waren, zu Lorenz und Johanna. Sie bezeigte ihnen ihre Freude, unter ihren Untertanen so menschenfreundliche Leute zu finden, und sagte ihnen, wer Ludwigs Mutter sei. Lorenz und Johanna vernahmen mit Erstaunen, dass Ludwig, den sie als Sohn einer verarmten, landesflüchtigen Mutter in ihr Haus aufgenommen, ein junger Graf und seine Mutter eine sehr vornehme Gräfin und überaus edle, tugendhafte Frau sei.

Frau von Waldenberg erzählte nun auch, wie es zugegangen, dass Ludwigs Mutter – bis aus Böhmen, sehr eilig und geraden Weges – hierher gekommen sei. Die Geschichte war kurz diese: Ludwigs Mutter, die Gräfin, hatte sich nach Prag geflüchtet. Auch Herr und Frau von Waldenberg hielten sich dort auf. Allein die Gräfin wusste nichts davon; sie lebte in Prag sehr zurückgezogen und besuchte keine Gesellschaften. Der Verwalter zu Waldenberg musste seiner Herrschaft von Zeit zu Zeit berichten, was in seinem Amtsbezirk vorgehe. Er berichtete denn auch den Rechtsfall, der sich mit den Goldstücken zugetragen, die angeblich in den Rockknöpfen eines ausgewanderten französischen Knaben sich sollen befunden haben. Frau von Waldenberg erzählte die seltsame Begebenheit in einer Gesellschaft. Eine adelige Dame, die zugegen und mit Ludwigs Mutter bekannt war, erzählte es dieser. Ludwigs Mutter, die Gräfin, begab sich augenblicklich zu Frau von Waldenberg, sich näher zu erkundigen. Der Verwalter hatte sehr ausführlich berichtet. Der Ort Waldenberg, der Name Ludwig, der Tag, an dem er seine Mutter verloren, der angenommene Name, unter dem seine Mutter sich geflüchtet hatte, die Anzahl, ja auch das Gepräge der Goldstücke traf aufs genaueste zu. Die Gräfin zweifelte keinen Augenblick, der Knabe, in dessen Rock die Goldstücke gefunden worden, sei ihr geliebter Ludwig; denn sie selbst hatte die Goldstücke heimlich eingenäht. Sie brannte vor Begierde, ihren innigst geliebten Ludwig wiederzusehen. Allein sie wollte es nicht wagen, nach Waldenberg zu reisen, weil bloß Waffenstillstand und noch nicht Friede war und die französischen Kriegsheere noch auf deutschem Boden standen. Allein Herr von Waldenberg sagte zu der Gräfin: »Ich und meine Frau sind bereit, unverzüglich mit Ihnen nach Waldenberg zu reisen. Können Sie sich entschließen, in dem Pass für eine Kammerfrau meiner Gemahlin zu gelten, so stehe ich Ihnen dafür, Sie werden ganz sicher, ohne irgendwo angehalten zu werden, nach Waldenberg kommen und dort einen sicheren Aufenthalt finden.« Die Gräfin nahm diesen Vorschlag mit der größten Freude an, und alle drei machten sich sogleich auf die Reise.

»So«, sagte Frau von Waldenberg am Ende ihrer Erzählung, »gaben diese Goldstücke Veranlassung, dass Ludwigs Mutter so schnell hierher kam. Ohne den falschen Verdacht, in den Ihr, guter Lorenz, und Ihr, meine liebe Johanna, gekommen seid, wäre es vielleicht noch jahrelang angestanden, bis die Frau Gräfin ihren geliebten Ludwig wiedergesehen hätte.«

»Ach«, sagte Johanna höchst erfreut, »die große Freude, die Ludwig und seine Frau Mutter empfinden, hat mich die unverdiente Schmach, die uns getroffen hat, ganz vergessen gemacht! Meine Freude gleicht wahrhaft der ihrigen. Ja, ich sehe es auch hier wieder, dass Gott alle Widerwärtigkeiten, die er über uns kommen lässt, uns und andern zum besten zu lenken weiß.«

Frau von Waldenberg erinnerte nun Ludwigs Mutter, es sei Zeit, nach Waldenberg zurückzukehren. Die Gräfin stand auf, wendete sich zu Lorenz und Johanna und bezeigte ihnen in den rührendsten Worten, die von der Frau von Waldenberg in das Deutsche übersetzt wurden, den innigsten Dank. Johanna brachte die noch übrigen Goldstücke nebst dem Verzeichnis, was sie davon für Ludwig verwendet habe, und wollte sie zurückgeben; allein Ludwigs Mutter sagte: »Davon kann keine Rede sein! Behaltet sie, und ich werde darauf bedacht sein, Eure Liebe zu meinem Sohn noch reichlicher zu belohnen.«

Johanna beeilte sich nun, Ludwigs Kleidungsstücke und weißes Zeug zusammenzupacken, und ihre zwei Kinder, Liese und Konrad, brachten nach wenigen Minuten jedes ein Päckchen. Als Ludwig die Wanderbündelein erblickte und nun scheiden sollte, ward er tief betrübt; sein liebliches Gesichtchen zeugte von der innigsten Wehmut, und der gute Knabe brach in Tränen aus. Er nahm von seinen Pflegeeltern den rührendsten Abschied und umarmte alle Kinder des Hauses als seine Geschwister. Lorenz, Johanna und alle Kinder weinten. Auch Ludwigs Mutter war sehr gerührt, und die Tränen kamen ihr in die Augen. »Ich sehe da einen neuen Beweis«, sagte sie, »dass alle im Haus meinen Ludwig herzlich liebten und dass er hier so gut aufgehoben war wie ein Kind vom Hause.«

Frau von Waldenberg tröstete die Kinder und Lorenz und Johanna. »Weinet nicht, ihr guten Leute«, sprach sie; »Ludwig nimmt noch nicht für immer Abschied; er bleibt mit seiner Mutter noch lange bei uns zu Waldenberg. Da könnt ihr einander noch recht oft sehen.«

Ludwig stieg nun mit seiner Mutter und Frau von Waldenberg in die Kutsche, und nachdem sie an dem Pfarrhaus angehalten und dem edelmütigen Pfarrer einen Besuch gemacht und auch ihm für seine Liebe und Güte gegen Ludwig gedankt hatten, fuhren sie zurück nach Waldenberg in das Schloss.

12. Belohnung und Strafe

Ludwigs Mutter blieb vorerst zu Waldenberg. Nachdem es Friede geworden, kam auch ihr Gemahl, der Graf, dahin. Die Freude des Grafen und der Gräfin und ihres einzigen Sohnes Ludwig, sich nach so langer Trennung wieder vereinigt zu sehen, lässt sich nicht mit Worten ausdrücken. Ebenso groß als ihre Freude war ihr Dank gegen Gott.

Nachdem alle drei mit großer Lebhaftigkeit einige Stunden hindurch von nichts anderem sprachen als von dem, was ihnen alles begegnet, seit sie voneinander getrennt worden – da sagte die Gräfin zu ihrem Gemahl: »Nun lasst uns überlegen, wie wir Ludwigs Pflegeeltern belohnen wollen.«

Der Graf und die Gräfin hatten zwar ihre Güter in Frankreich verloren; allein sie besaßen noch ansehnliche Kapitalien, die sie schon früher in England angelegt hatten. Auch hatte die Gräfin ihren Schmuck von kostbaren Edelsteinen glücklich gerettet. Sie brachte ihr Schmuckkästchen, öffnete es und sagte: »Alle diese edlen Steine hätte ich mit Freuden hingegeben, mein verlorenes Kind wiederzufinden! Sollten wir nun nicht wenigstens einen dieser Steine, etwa diesen schönen Diamant hier, daran wenden, die Liebe zu vergelten, die Lorenz und Johanna, diese guten Landleute, unserm Kind erwiesen haben? Wir wollen den Herrn von Waldenberg bitten, dass er das Gütchen, das Lorenz und seine Hausfrau bloß in Pacht haben, uns zu kaufen gebe. Dieses Gütchen wollen wir dann den guten Leuten schenken. So kann ein Edelstein das Glück mehrerer Menschen machen – was sie um uns auch wohl verdient haben.«

Dem Grafen gefiel der Vorschlag sehr wohl. »Ja«, sprach er, »der Diamant soll zum Besten dieser menschenfreundlichen Landleute verkauft werden! Denn sie haben uns einen Edelstein aufbewahrt, gegen den alle diese Steine hier nichts sind – unser geliebten Sohn Ludwig.«

Der Graf und die Gräfin redeten mit Herrn und Frau von Waldenberg. Frau von Waldenberg zeigte Lust zu dem schönen Stein, der sehr zierlich in einen Ring gefasst war. Der Wert des Edelsteines betrug indes nur ungefähr die Hälfte von dem Wert des Pachtgütchens. Die Gräfin wollte noch ein paar kleinere Diamanten, die in goldenen Ohrringen prangten, dazulegen. Allein Herr von Waldenberg sprach:

»Das ist nicht notwendig; das wäre zuviel! Wir wollen es so machen: Sie geben meiner Frau den Diamantring, der ihr so sehr gefällt und der für sie, als ein Andenken an eine edle Freundin, einen doppelten Wert haben wird. Ich aber gebe dem Lorenz das Pachtgut, das er nur auf neun Jahre gepachtet hat, in Erbpacht, und er soll in Zukunft nur mehr die Hälfte des Pachtgeldes, das er jetzt bezahlt, zu entrichten haben. So kann er das hübsche Gütchen als sein Eigentum betrachten, jedoch nur mit der Verbindlichkeit, jährlich die sehr mäßige Abgabe davon zu entrichten. Er kann sich dann sehr wohl darauf ernähren; ja, noch wohl etwas für seine Kinder erübrigen!«

Der Graf und die Gräfin fanden diesen Vorschlag sehr vernünftig, und der Verwalter musste sogleich die Schenkungsurkunde ausfertigen.

Herr von Waldenberg wollte nun den Lorenz rufen lassen. Allein die Gräfin sagte: »Nein! Ich und mein Gemahl wollen selbst nach Ellersee fahren, und Ludwig soll seinen geliebten Pflegeeltern die Urkunde überreichen.«

Herr von Waldenberg sprach: »Nun wohl, so ist es noch besser. Sie wissen auf eine sehr schöne, edle Art zu geben. Ich und meine Frau werden auch mitfahren.«

Es wurde sogleich angespannt, und man fuhr hin. Die Kutsche hielt vor der Haustür der guten Leute. Ludwig sprang voll Freude zuerst aus der Kutsche und überreichte dem Lorenz die Schrift. Lorenz las, staunte und blickte gerührt zum Himmel; Johanna zitterte vor Freude und rief mit Tränen in den Augen und gefalteten Händen: »Mein Gott, so dürfen wir dieses Haus, in dem wir bisher mit unseren Kindern gleichsam nur zur Miete wohnten, und die Äcker und Wiesen, die dazugehören, nunmehr als unser Eigentum ansehen?«

»So ist es!« sagte Herr von Waldenberg. »Eure Freundlichkeit gegen ein armes Kind, das ohne Obdach umherirrte, hat Euch und Euren Kindern eine eigene Heimat verschafft.«

Frau von Waldenberg fügte noch bei: »So bleibt keine edle Tat unbelohnt; und so liebreich sie hier auf Erden auch zuweilen belohnt werden mag – in jener Welt wartet auf sie noch ein schönerer Lohn!«

Die Einwohner von ganz Ellersee konnten sich über diesen vornehmen Besuch bei dem armen Lorenz und über das reiche Geschenk nicht genug wundern; und die reiche Kirchenbäuerin sagte zu ihrem Bauer: »Wenn wir das voraus gewusst hätten, so hätten wir an dem kleinen Franzosen das Werk der Barmherzigkeit getan und nicht geruht, bis Lorenz ihn uns in die Kost gegeben hätte.«

Der Kirchenbauer aber sah nun wohl ein, dass der Verdacht, den er wegen der entwendeten Goldstücke auf den rechtschaffenen Lorenz geworfen hatte, falsch gewesen. Er ging zu Lorenz, bekannte reumütig sein Unrecht und bat ihn um Verzeihung, dass er ihn überall als Dieb verschrien und verlästert habe. Allein der argwöhnische Bauer richtete nun seinen Verdacht sogleich auf einen andern, und zwar auf einen Mann, den er bisher für seinen besten Freund gehalten hatte, auf seinen Nachbarn Krall. Er ging sogleich nach Waldenberg, erschien vor Amt und sagte, dass er eine neue Klage wegen seiner gestohlenen Goldstücke vorzubringen habe.

»Das ist gewiss wieder eine so dumme Klage wie die gegen Lorenz«, sprach der Verwalter. »Doch lasst einmal hören!«

Der Bauer erzählte, nach seiner Art etwas ausführlich: »Als der Franzosenkrieg uns so schnell über den Hals gekommen, wusste ich gar nicht mehr, wo mir der Kopf stand. Meine Kapitalbriefe und meine armen, seit 20 Jahren sauer ersparten Sparpfennige, fünfzig Goldstücke an der Zahl, lagen mir sehr am Herzen. Ich hätte sie gern recht gut vor dem Feind versteckt und wusste nicht, wohin. Da fragte ich meinen Nachbarn Krall um Rat. Der ist ein gescheiter Mann, dachte ich, und hat mir schon oft gut geraten. Krall sagte zu mir: ›Versteck dein Geld heute nacht hinter einem der lockern Steine in deiner Gartenmauer; da findet es kein Mensch. Deine Papiere lass, wo sie sind; die nimmt dir der Feind nicht.‹ Dieser Rat gefiel mir sehr wohl; ich befolgte ihn. Nachts um zwölf Uhr, da alles schlief, schlich ich heimlich und in aller Stille in den Garten. Weil es gar so finster war, leuchtete mir meine Bäuerin mit der Laterne; denn um das Geld recht geschickt zu verbergen, musste ich dazu ja doch auch sehen. Das Geld ging mir indes bei Tag und bei Nacht im Kopf herum. Sobald die Franzosen fort waren, wollte ich die gut verwahrten Goldstücke wieder aus der Mauer herausnehmen. Allein ich war vor Schrecken fast des Todes; denn leider war nicht ein einziges davon mehr vorhanden. Ich konnte die ganze Nacht kein Auge zutun; bevor es Tag wurde, lief ich zu Nachbar Krall, klopfte und polterte an seinem Haus, bis er aufwachte. Ich klagte ihm mein entsetzliches Unglück.«

»Nun«, sprach der Verwalter, »und was sagte Nachbar Krall?«

»Er hat sich recht über mich erzürnt«, sagte der Bauer, »und zu all meinem Unglück mich noch recht ausgescholten. ›Ich sehe wohl‹, hat er gesagt, ›wenn der Rat eines gescheiten Mannes gut sein soll, so muss ihn auch ein gescheiter Mann ausführen. Du aber bist ein dummer Kerl‹, hat er gesagt; ›du hättest keine Laterne mitnehmen sollen; denn da konnten sich die Leute ja sehen. Da wundert's mich gar nicht‹, hat er gesagt, ›dass die goldenen Vögel ausgeflogen sind, und dass das Nest leer ist. Doch‹, hat er gesagt, ›ich will dir einen guten Rat geben, wie du sie wiederbekommen kannst. Hast du, als du von dem Lorenz, wiewohl ich dir davon abwehrte, deine Bäume pfropfen ließest, nicht gesehen, dass er dort an der Gartenmauer, die ihn doch nichts anging, sich immer etwas zu schaffen machte? Glaube mir‹, hat er gesagt, ›das Geld hat kein anderer Mensch gestohlen als Lorenz. Wenn ich an deiner Stelle wäre, so würde ich ihn verklagen.‹ Nun, wie Sie wissen, habe ich auch geklagt; nur habe ich Ihnen damals nicht gesagt, dass Krall mir den Rat gegeben, wo ich das Gold verstecken soll; denn er hat mir befohlen, keiner Seele etwas davon zu sagen, dass er mir den guten Rat gegeben habe.«

»Sieh, sieh«, sprach der Verwalter für sich, »so wollte Krall, dieser rachgierige Mensch, sich an dem Lorenz rächen und ihn verdächtig machen, und wohl gar aus dem Dorf bringen, um an Ende an seiner Statt doch noch Pächter zu werden.«

Der Verwalter fragte hierauf den Bauer: »Habt Ihr schon irgendeinem Menschen von Eurem neuen Argwohn etwas gesagt?«

»Oh, beileibe nicht«, sprach der Bauer, »keiner Seele hab ich ein Sterbenswörtlein davon gesagt. Ich setzte zwar von langer Zeit her mein größtes Vertrauen in Krall; aber ich traue ihm doch nicht recht und fürchte mich vor ihm. Er darf es auch nicht inne werden, dass ich ihn verklagt habe. Sagen Sie ihm beileibe nichts davon!«

»Nun«, sprach der Verwalter, der bei all seiner Ernsthaftigkeit über die Einfalt des Bauern lächeln musste, »so schweigt ferner; ich werde Euch wieder rufen lassen.«

Der Verwalter kannte den Krall als einen schlauen Kopf und dachte: »Es könnte gar wohl sein, dass Krall das Gold in seine Krallen zu bekommen suchte und dem einfältigen Bauern bloß deshalb geraten, das Gold in der Mauer zu verstecken, um den Bauer zu belauschen und das Gold zu holen. Krall ist ein schlechter Hauswirt, ein Schuldenmacher, ein Trinker und Spieler; wenn er das Geld entwendet hat, so hat er sicherlich schon das meiste davon ausgegeben. Und das wird leicht zu erfahren sein.«

Er rief seinen Gerichtsdiener, erzählte im Vertrauen ihm die Sache und trug ihm auf, nachzuforschen, ob Krall nicht irgendwo eine oder die andere seiner vielen Schulden in Gold bezahlt oder sonst Gold ausgegeben habe.

Nach einigen Tagen kam der Gerichtsdiener morgens in die Kanzlei und sagte: »Von seinen Schulden hat Krall nicht einen Heller abbezahlt, allein in der Stadt hat er im Wirtshaus zum schwarzen Bären eine ganze Nacht hindurch getrunken und gespielt, und da er sehr im Verlust war, einige Goldstücke wechseln lassen. Ich wusste mir ein paar davon zu verschaffen, die ich für Silbergeld einwechselte. Hier sind sie; sie sind, wie Sie sehen, von der nämlichen Art, wie der Kirchbauer die gestohlenen beschrieben hat.«

Der Verwalter ließ nun durch den Gerichtsdiener den Krall auf der Stelle rufen und hielt ihm den Diebstahl vor. Krall fing an zu toben und zu wüten, das man einen so ehrlichen Mann, wie er sei, wegen solcher ehrlosen Streiche in Verdacht haben könne. Er konnte zwar nicht leugnen, dass er Goldstücke habe wechseln lassen; er beteuerte aber mit hohen Schwüren, dass er sie nicht gestohlen habe.

»Das kann sein«, sprach der Verwalter; »indes ist nur noch eine Kleinigkeit ins Reine zu bringen. Ihr habt nachzuweisen, von wem Ihr die Goldstücke eingenommen habt.«

Da erblasste Krall; er wusste keinen Menschen zu nennen, von dem er die Goldstücke erhalten. Er musste den Diebstahl bekennen und wurde zum Erlass des gestohlenen Geldes und überdies als Dieb und Verleumder auf mehrere Jahre Zuchthaus verurteilt.

»So geht es«, sagte der Verwalter, »wenn man nicht arbeitsam und sparsam ist, sich dem Trinken und Spielen ergibt und am Ende gar betrügt und stiehlt. Schlechte Taten bringen schlechte Früchte, Jammer und Elend; nur Tugend und Rechtschaffenheit machen glücklich. Wie die Unschuld des ehrlichen Lorenz an den Tag gekommen, so ist nun auch Eure Schuld offenbar geworden. Wie Lorenz für seine Redlichkeit und Menschenfreundlichkeit belohnt wurde, so werdet nun Ihr für Eure Falschheit und Euer feindseliges Wesen bestraft.«

Da Krall ohnehin schon viele Schulden hatte und nun die entwendeten und verschwendeten Goldstücke ersetzen sollte, so musste er vergantet werden. Er kam an den Bettelstab, und seine Kinder kamen oft an Lorenzens Fenster und bettelten ein Stücklein Brot, und die Leute im Dorf sagten: »Dies hat Krall nicht nur wegen seines liederlichen Lebenswandels, seiner Falschheit und seiner Betrügereien, sondern noch besonders wegen seiner Hartherzigkeit gegen den guten Ludwig verdient. Er wollte den armen, verlassenen Knaben aus dem Haus des Lorenz und aus dem Dorf vertreiben und musste nun selbst mit seinen Kindern sein eigenes Haus verlassen.«

13. Der Oberst

Wie Frau von Waldenberg und die Gräfin sehr gute Freundinnen geworden, so wurden auch Herr von Waldenberg und der Graf sehr gute Freunde; denn alle hatten gleich edle Gesinnungen. Obwohl es Friede war, so konnten die Ausgewanderten sich doch noch wenig Hoffnung machen, in ihr Vaterland zurückkehren zu dürfen. Der Krieg brach auch bald wieder mit erneuerter Heftigkeit aus, wurde jedoch in Gegenden geführt, die weit von Waldenberg entfernt waren. Herr und Frau von Waldenberg baten daher den Grafen und die Gräfin dringend, mit ihrem Sohn Ludwig bis auf bessere Zeiten in Waldenberg zu bleiben, und alle drei freuten sich sehr, einen so sichern und angenehmen Aufenthalt gefunden zu haben. Sie brachten da längere Zeit sehr vergnügt zu.

Eines Tages nun, da man an nichts weniger dachte als an französisches Militär, kam ein französischer Offizier, von einigen Husaren begleitet, in den Schlosshof gesprengt. Er ließ sich als einen französischen Oberst bei Herrn von Waldenberg melden. Alle im Schloss waren über diesen unerwarteten Besuch nicht wenig erstaunt. Ludwigs Eltern aber hatten keinen geringen Schrecken; die Gräfin fürchtete gar, verhaftet und nach Frankreich abgeführt zu werden. Der Besuch musste indes angenommen werden.

Ein schöner junger Mann in goldgestickter dunkelblauer Uniform trat in das Zimmer. Ludwig tat einen Freudenschrei und sprang mit offenen Armen auf ihn zu. Der Oberst war jener Offizier, der bei Ellersee verwundet worden, sich aber indessen durch seine Einsicht und Tapferkeit so hoch emporgeschwungen hatte. Er hatte mit seinem Regiment einige Meilen weit von Ellersee Rasttag und war die Nacht durch geritten, um seinem kleinen Freund Ludwig, dem Erretter seines

Lebens, einen kurzen Besuch zu machen und zu sehen, wie es ihm gehe. Zu Ellersee hatte der Oberst vernommen, Ludwig befinde sich samt seinen Eltern zu Waldenberg. Er ritt also, ohne vom Pferd zu steigen, augenblicklich dahin.

Er umarmte Ludwig und erzählte den erfreuten Eltern, wie unaussprechlich viel Gutes Ludwig ihm erwiesen habe. Herr von Waldenberg lud ihn ein, einige Tage auf dem Schloss zu bleiben. Allein der Oberst sagte: »Nicht länger als einige Stunden; ich muss auf die Minute wieder bei meinen Leuten eintreffen.« Er redete mit dem Grafen und der Gräfin über deren Schicksale und sagte bei seinem Abschied: »Ich werde wiederkommen und hoffe, Sie und meinen jungen Freund Ludwig dann unter fröhlichern Umständen wiederzusehen.«

Der Oberst hielt Wort; er kam einige Zeit, nachdem der Frieden wiederhergestellt war, nach Waldenberg, und brachte Ludwigs Eltern die schriftliche Zusicherung, dass sie nach Frankreich zurückkehren dürften, und ihre Güter wieder zurückerhalten würden. Da der Oberst mächtige Verwandte in Frankreich hatte, so war es ihm gelungen, den Eltern Ludwigs diese Begünstigung zu bewirken, deren die meisten Ausgewanderten sich erst nach vielen Jahren zu erfreuen hatten. Die Menschenfreundlichkeit, womit Ludwig als ein zarter Knabe einem ausgezeichneten Offizier das Leben gerettet hatte, wurde allgemein bewundert; jedermann sagte, den Eltern eines so liebenswürdigen Kindes dürfe man die Rückkehr in ihr Vaterland nicht wehren.

Der Oberst fuhr hierauf mit Ludwig und dessen Eltern nach Ellersee. Er besuchte den Pfarrer, der ihm so manches gute Buch zum Lesen geschickt und gar oft selbst gebracht hatte, und verehrte ihm eine schöne Sammlung guter französischer Bücher, alle in den schönsten Auflagen und vortrefflich gebunden. Er beschenkte seine ehemaligen Hauswirte, den Müller mit dem feinsten himmelblauen Tuch zu einem Rock und die Müllerin mit Taft von gleicher Farbe und mit Band und Spitzen. Er gab Ludwigs Pflegeeltern eine ansehnliche Summe Geldes, damit sie davon sich selbst anschaffen möchten, was ihnen das Nötigste oder Angenehmste wäre. Überdies gab er Johanna und ihren Kindern noch einen großen Pack von mehr als sechzig Ellen feiner Leinwand. »Dies«, sagte er, »ist für die Scharpie.«

Dem Oberst war es eine große Freude, Ludwig und dessen Eltern wie im Triumph nach Frankreich zurückzuführen. Ludwig sah sein ganzes Leben hindurch es für eine große Wohltat an, dass er einige

Jahre seiner Kindheit auf dem Land zugebracht hatte. Sein Aufenthalt auf dem Land hatte nicht nur seine etwas schwächliche Gesundheit sehr gestärkt; auch sein Verstand und Herz hatten dabei sehr gewonnen. Die frommen, einfachen Sitten seiner Pflegeeltern, die jeden Tag mit Gebet anfingen und beschlossen, vor allem Bösen eine heilige Scheu hatten und alle Widerwärtigkeiten des Lebens mit Ergebung und Geduld von Gott annahmen; der Unterricht und die Frömmigkeit des würdigen Landgeistlichen und der andächtige Gottesdienst in der kleinen Dorfkirche nährten und befestigten seine Gefühle für Religion und Tugend. Häusliche Andacht und öffentlicher Gottesdienst, Wort und Beispiel hatten sehr schön zusammengewirkt, ihn wahrhaftig fromm und gut zu machen. Er hatte bei seinen dürftigen, aber genügsamen Landleuten gelernt, mit wie wenigem der Mensch gesund und zufrieden leben könne; aller unnütze Aufwand und überhaupt alles Gekünstelte und Gezierte in den Sitten blieb ihm verhasst. Er behielt eine große Vorliebe für das Landleben. Sein Schloss in Frankreich war sein liebster Aufenthalt; nicht weil es prächtig gebaut und wohl eingerichtet, sondern weil es in einer schönen ländlichen Gegend gelegen und von reichen Kornfeldern, blumigen Wiesen und schattigen Wäldern umgeben war. Gottes Werke näher zu betrachten war seine Lust, und er fand in ihrer Betrachtung eine eigene Seligkeit. Er war von einer ganz vorzüglichen Achtung gegen die niedern Stände durchdrungen; denn er hatte sich mit eigenen Augen überzeugt, wieviel Mühe sie sich geben müssen, die höheren Stände zu ernähren, und welche edle Seelen unter manchem Strohdach wohnen. Diese Gesinnungen äußerte er in reiferen Jahren sehr oft, und sein Vater, der Graf, gab ihm vollkommen recht.

»Wir haben uns«, sagte der Graf, »durch eitle Prachtliebe zu weit von der Natur entfernt, und diejenigen, die von den niedrigen Ständen uns zunächst stehen, traten in unsere Fußstapfen ein. Daher rührt alles Elend, alle Unordnung und alle Verkehrtheit unserer Zeiten. Wenn es besser werden soll, müssen wir zur einfachen Natur zurückkehren. Nur auf diese Art kann die Unzufriedenheit vieler Bedrängter unter dem Volk behoben werden, und auch wir werden dann zufriedener, ruhiger und glücklicher leben.«

Auch Ludwigs Mutter, die Gräfin, war dieser Meinung; eine ganz besondere Freude aber fand sie darin, die Wege der göttlichen Vorsehung in Ludwigs Geschichte zu betrachten. »Gott«, sprach sie, »hat ihn mir entzogen, um ihn mir vernünftiger und tugendhafter wieder-zugeben. Ein bunter Schmetterling, ein flüchtiges, unbedeutendes Geschöpf, gab die erste Veranlassung zu einer Reihe von Begebenhei-ten, die nicht nur für Ludwig, sondern noch für viele Menschen höchst wohltätig waren. Einem edlen jungen Mann, dem Oberst, ward das Leben gerettet; eine arme, aber edle Familie, der Pächter Lorenz mit seinem Weib und seinen Kindern, wurden in bessere Umstände ver-setzt; uns aber ward die Bahn gebrochen, unser liebes Vaterland wieder betreten und unser väterliches Schloss wieder bewohnen zu dürfen. Ich war bei den Widerwärtigkeiten, die uns betroffen haben, manchmal sehr verzagt und kleinmütig; allein nun habe ich einsehen gelernt: ›Eine höhere, unendlich weise und gütige Macht lenkt im geheimen die Schicksale der Menschen und leitet alles zu unserm Besten; und dieser Glaube ist bei allen Trübsalen, die auf unserer Lebensbahn uns treffen, der einzige feste, sichere Stab, an den wir uns halten können, um auf dem Weg in ein besseres Vaterland nicht mutlos zu erliegen.‹«

Das Lämmchen

1. Christine und ihre Mutter Rosalie

Christine, ein armes Mädchen von etwa zehn Jahren, pflückte in dem Walde Erdbeeren. Es war ein heißer Nachmittag, und an den sonnigen Waldplätzen, wo kein kühlendes Lüftchen hinkam, war es fast zum verschmachten schwül. Ihr leichtes Strohhütchen vermochte nicht mehr den brennenden Sonnenstrahlen zu wehren. Die hellen Schweißtropfen standen ihr beständig auf der Stirne, und ihre Wangen waren wie Glut. Dennoch pflückte sie, ohne aufzusehen, emsig fort. »Denn«, sagte sie freudig, indem sie mit ihrem weißen Tuche den Schweiß abwischte, »es ist ja für meine kranke Mutter. Das Geld, das ich aus den Beeren erlöse, verschafft ihr doch wieder eine kleine Erquickung!«

Gegen Abend ging sie, mit ihrem Körbchen voll Beeren am Arme, durch den Wald nach Hause. Es fing an zu regnen. Immer lauter rauschten die Regentropfen in den Blättern der Bäume, und aus der Ferne her donnerte es sehr stark. Als sie aus dem Walde heraus kam, erhob sich ein Sturmwind; ein heftiger Platzregen schlug ihr entgegen, und an dem glühendroten Abendhimmel standen dunkle Gewitterwolken, wie Gebirge aufeinander getürmt. Sie suchte sich, fern von den hohen Bäumen, unter niedrigen Haselstauden ein sicheres Plätzchen, stand hier unter, und wartete, bis das Gewitter vorüber wäre.

Allein mit einem Male hörte sie in dem nahen Erlengesträuche ein klägliches Geschrei – fast wie das Geschrei eines kleinen Kindes. Das gute mitleidige Mädchen ließ sich von Sturm und Regen, Blitz und Donner nicht abhalten, nachzusehen, was es doch wohl sein möge? Sie ging hin – und sieh da! es war ein kleines, zartes Lämmchen, das vom Regen tröpfelte, zitterte und nicht wusste wohin. »Ach du armes, armes Tierchen!« sagte Christine. »Nein, du sollst nicht umkommen. Komm, ich nehme dich mit mir nach Hause.« Sie nahm das Lämmchen sorgfältig in die Arme, und eilte damit, sobald der Regen nachließ, ihrer kleinen, strohbedeckten Wohnung zu.

»O sieh doch, liebe Mutter«, rief sie, sobald sie in das niedrige, reinliche Stübchen trat, »sieh doch, was ich da gefunden habe! Sieh, ein wunderschönes Schäflein! O wie glücklich war ich! Wie will ich es pflegen! Es soll meine ganze Freude sein!«

»Kind«, sagte die kranke Mutter, indem sie sich in dem Bette aufrichtete und den Kopf auf die Hand stützte, »du vergissest in deiner Freude, dass dieses Lämmchen schon seinen Herrn haben muss. Es ist bloß verloren – und da müssen wir es wieder zurückstellen. Gewiss gehört es dem reichen Bauern auf dem Eichhofe. Fremdes Gut sollen wir nicht einmal über Nacht im Hause behalten. Trag' es also heute noch hin.«

»Ihr seid nicht gescheit«, rief jetzt eine rauhe Stimme zum offnen Fenster herein, »man muss nicht alles so genau nehmen!« Der Mann, der dieses sagte, war ein Maurer, der draußen an der Mauer des kleinen Hauses etwas ausbesserte und ihr Gespräch behorcht hatte. Mutter und Tochter blickten ihn erschrocken an. Er aber sprach weiter: »Macht keine so seltsamen Gesichter! Ich meine es gut. Wir wollen das Tierchen schlachten, und es miteinander teilen. Das Fleisch gibt gerade ein paar kleine Braten, und das Fellchen ist auch noch einige Kreuzer wert. Der reiche Bauer hat über hundert schöne, große Schafe; ob er das winzig kleine Ding da noch habe oder nicht, daran ist nichts gelegen. Ich will es also geschwind schlachten. Ihr dürft euch dabei nicht fürchten. Es sieht es ja niemand. Und mir dürft ihr schon trauen. Ich kann schweigen«, sagte er und warf eine Kelle voll Mörtel an die Wand, »wie eine Mauer.«

Christine entsetzte sich über die Reden des Mannes. Der Gedanke, das Lämmchen zu behalten, kam ihr jetzt abscheulich vor. »Ihr habt Unrecht!« sagte sie zu dem Maurer. »Was kein Mensch sieht, sieht doch Gott! Du aber, liebe Mutter, hast Recht – und mich wundert nur, dass mir das, was du sagtest, nicht von selbst einfiel. Ich hätte das Schäflein«, fuhr sie fort und Tränen traten in ihre blauen Augen, »freilich so gern, o so gern behalten! Allein dem lieben Gott müssen wir willig gehorchen.« Sie wickelte das Lämmchen in ihre Schürze, und wanderte damit dem Eichhofe zu, obwohl es noch nicht ganz aufhörte zu regnen und die Sonne bereits unterging.

Als Christine auf dem Eichhofe ankam, stand die Bäuerin, mit ihrem kleinsten Kinde auf dem Arm, eben vor der Haustüre, und die größeren Kinder standen um sie her. Sie betrachteten andächtig den schönen Regenbogen, der jetzt nach dem Gewitter in der ganzen Pracht seiner sieben Farben im schwarzgrauen Gewölke zu sehen war. »Seht den

Regenbogen an«, sprach die Mutter, indem sie mit ausgestrecktem Arme darauf hinzeigte, »und preiset Denjenigen, der ihn gemacht hat. In dem flammenden Blitze und dem furchtbaren Donner zeigt uns Gott seine große Macht und Herrlichkeit; in den schönen Farben des Regenbogens aber seine Güte und Freundlichkeit.«

Christine ergötzte sich bald an den lieblichen Farben des Regenbogens, bald an den lächelnden Gesichtchen der Kinder, und schwieg, bis der Regenbogen verschwunden war. Nun nahm sie das Lämmchen aus ihrer Schürze hervor, stellte es auf die Füße, und erzählte, wie sie es gefunden habe.

»Das ist ja recht schön und brav«, sagte die Bäuerin freundlich, »dass du noch so spät am Abend und noch dazu im Regen da herausgehst! Du bist ein sehr gutes, grundehrliches Mädchen.«

»Ja wahrhaftig, das ist sie!« sprach der Bauer, der jetzt auch zur Haustüre herauskam. »So ehrlich und rechtschaffen, wie dieses arme Mädchen, müsst ihr auch sein und bleiben, meine Kinder! Besser ist's, nicht einmal ein einziges Schäflein im Vermögen haben, und dabei ehrlich und redlich sein, als hundert Schafe besitzen, und dabei ehrlos und unredlich sein. Die Ehrlichkeit, mit der das arme Kind hier das Lamm zurück gab, ist ein Schatz im Herzen, der reicher macht, als eine ganze Schafherde – und diesen Schatz kann uns kein Wolf und kein Feind rauben.«

Franz, der Knabe des Bauers, lief jetzt zum Schafstalle hin, und führte das alte Schaf heraus. Wie da das Junge darauf zusprang und sich freute! Christine sah das so mit an und sagte: »Schon um dieser Freude willen, die das arme Tierchen jetzt hat, reut es mich nicht, dass ich es zurückgab – so lieb es mir auch war, und so gern ich es behalten hätte!«

»Weißt du was«, sprach der Bauer, »da du so ehrlich bist und an dem Tierchen eine so große Freude hast, so will ich es dir schenken. Jetzt würde es dir aber nichts helfen. Es kann noch nicht ohne Milch leben und würde elend umkommen. Allein in vierzehn Tagen wird es stark genug sein, sich von Gras und Kräutern zu ernähren – und dann soll mein Franz es dir bringen.«

»Gib aber dann wohl darauf Acht!« sagte die Bäuerin. »Es kostet dich nicht viel es aufzuziehen. Während du Erdbeeren sammelst oder strickest, kannst du es leicht hüten, und so viel Gras kannst du auch leicht sammeln und zu Heu auftrocknen, als es für den Winter nötig hat. Wenn es einst groß ist, wird die Milch dir und deiner Mutter in eurer kleinen Haushaltung wohl kommen, und die Wolle gibt euch jährlich einige Paar Strümpfe.«

»Und wenn ihr glücklich damit seid«, sprach der kleine Bauerknabe, »so könnet ihr wohl noch gar eine ganze Schafherde bekommen!«

Christine musste nun noch mit Brot eingebrockte Milch und ein Butterbrot mitessen – und die gute Bäuerin gab ihr überdies noch ein schönes Stück goldgelbe Butter, das sie in grüne Rebenblätter einmachte, und ein Dutzend Eier mit nach Hause. »Bring das deiner Mutter«, sagte sie, indem sie die Eier vorsichtig in die Schürze tat, »ich lasse sie freundlich grüßen und Gott wolle sie bald gesund werden lassen.«

Christine eilte voll Freude durch das blumige Tälchen ihrer Hütte zu. Der Himmel hatte sich indessen aufgehellt, und der Abendstern und ein zartes Streifchen des Mondes, der heute das erste Mal wieder sichtbar war, glänzten freundlich in das Tal. Alle Blumen und Kräuter tröpfelten noch von Regen, und dufteten von Wohlgeruch. Es war Christine unbeschreiblich wohl um das Herz. »Nach einem Gewitter«, dachte sie, »sind Himmel und Erde zwar immer schöner; allein so schön und freundlich, wie diesen Abend, sind sie mir noch nie vorgekommen.«

Sie erzählte dieses, als sie nach Hause kam, ihrer Mutter. »Siehst du«, sprach die Mutter, »das ist's eben, was ich dir immer sage. Es ist die Freude des guten Gewissens. Wenn wir recht tun, so erfüllt süßer Friede unser Herz. Gott gibt uns durch das Gewissen zu erkennen, dass Er mit uns zufrieden sei. O Christine, gib daher der Stimme deines Gewissens immer Gehör, und tu nie etwas anders, als was vor Gott recht und gut ist. Du weißt wohl, wir sind arm und haben wenig in der Welt. Aber lass uns nur ein gutes Gewissen bewahren, so sind wir reich genug, und es fehlt uns nie an Freude – ja die edelste und süßeste aller Freuden ist dann unser.«

Christine zählte nun alle Tage, bis sie ihr Lämmchen bekommen würde. Sie hätte auch alle Tage in den Kalender gesehen, wenn sie einen im Hause gehabt hätte. Nun sah sie aber alle Abende nach dem Monde, und ging dann vergnügt zu Bette. »Denn«, sagte sie, »wenn er voll ist, bekomme ich mein Lämmchen.«

Endlich ward es Vollmond, und der Mond nahm wieder merklich ab – allein das Lämmchen wollte nicht kommen. Christine wartete –

und wartete – und hatte bereits alle Hoffnung aufgegeben. »Ich werde von meinem Schäflein wohl nichts mehr sehen!« sagte sie eines Abends, als sie eben traurig neben dem Bette ihrer Mutter saß. »Habe Geduld«, sagte die Mutter, »Geduld bringt Rosen.« Und sieh – da ging auf einmal die Stubentüre auf, und der muntere Bauernknabe trat mit dem Lamme und einem Korbe voll frischen, grünen Futters herein. Christine sprang vor Freude auf, kniete zu dem Lämmchen hin, streichelte es freundlich und sagte: »O wie groß und schön es indessen geworden ist! Ich kenne es ja fast nicht mehr! Und wie die Wolle so schön weiß und zart geringelt ist! O jetzt ist meine Freude erst vollkommen.«

»Ich wollte dir das Lämmlein schon vor einigen Tagen bringen«, sagte der Knabe. »Allein mein Vater sagte: Lass es noch eine Zeit da. Es gedeiht dann besser, und wird noch größer und stärker.«

»Du und deine Eltern sind doch recht gut!« sprach Christine. »Wenn ich nur nicht so arm wäre, und dir auch etwas schenken könnte! Allein von der ersten Wolle, die ich von dem Schäflein bekomme, stricke ich dir ein schönes Paar Strümpfe. Du sollst gewiss sehen, dass ich die Wahrheit rede.«

Der Knabe ging, und Christine führte das Lamm in den kleinen Stall, der sich im Hause befand, und streute ihm Futter vor. Das Lamm gewöhnte sich bald an sie, und wurde so zahm, dass es das Brot aus ihrer Hand aß, aus ihrem Schälchen Milch trank, und ihr wie ein Hündchen nachlief. Christine durfte nur rufen, so kam das Lamm sogleich daher gesprungen. Wenn nun die Mutter es so mit ansah, was für eine große Freude Christine mit dem Lämmchen hatte, da sagte die Mutter öfter: »Nicht wahr, jetzt reuet es dich doch nicht, dass du mir gefolgt und das Lämmchen zurückgegeben hast?« – »O Mutter!« antwortete Christine. »Wie mein Lämmlein mir auf den Ruf folgt, so will ich dir immer folgen. Denn ich weiß es ja, du liebst mich doch noch unendlich mehr, als ich mein Lämmchen.«

2. Frau von Waldheim und ihre Tochter Emilie

Das Dörflein, in dem Christine lebte, lag unten an einem waldichten Berge. Oben aus den Eichen des Berges ragte ein altes Schloss mit einem großen Turme hervor. Hier wohnte seit einigen Wochen die

Frau von Waldheim. Das Schloss hatte ehemals ihr gehört; allein nach dem Tode ihres Gemahls war es ihr bloß zu ihrem Witwensitze angewiesen worden. Sie hatte sich hier, weil das Schloss etwas vergangen war, einige Zimmer neu eingerichtet, die eine sehr schöne Aussicht hatten, und lebte nun da in ländlicher Einsamkeit ganz der Erziehung ihrer einzigen Tochter Emilie, eines sehr liebenswürdigen Fräuleins von Christines Alter.

Christine kam, so lange es Erdbeeren gab, beinahe täglich in das Schloss. Fräulein Emilie kaufte die Beeren von niemand lieber als von ihr, und nannte sie nur ihr artiges Erdbeermädchen. Denn die Beeren, die Christine pflückte, waren alle vollkommen reif und rot wie Scharlach; die Schale, in der sie die Beeren brachte, war, wiewohl nur von geringem Porzellane, weiß und rein wie Schnee; und die Reinlichkeit ihrer Hände und ihres ganzen Anzuges schickte sich genau zu dem reinlichen Geschirre.

Indessen war Christine acht Tage nicht mehr in das Schloss gekommen. Emilie, der die Erdbeeren lieber als alles Zuckerwerk waren, beklagte sich öfter, dass ihr Erdbeermädchen so lange ausbleibe. Eines Morgens kam endlich Christine wieder in das Schloss. Die Köchin ging in das Zimmer der Herrschaft, sie zu melden, und Christine blieb indessen draußen stehen. Emilie kam sogleich heraus und sagte: »Warum ließest du mich denn so lange ohne Erdbeeren? Das ist nicht schön! Du weißt ja, dass ich immer nur von dir kaufte. Wenn du so wenig Aufmerksamkeit für mich hast, so wirst du meine Kundschaft verlieren.«

Christines blaue Augen füllten sich mit Tränen. »Ach, gnädiges Fräulein«, sagte sie, »meine Mutter ist schon den ganzen Frühling krank. Diese Woche aber war es so schlimm mit ihr, dass ich mir sie nicht eine Stunde zu verlassen getraute. Nur gestern Abend wurde sie ein wenig besser, und da eilte ich heute sogleich mit Anbruch des Tages in den Wald, um wieder einmal einige Kreuzer für sie zu verdienen.«

Emilie sprach: »Warum hast du mir aber nicht schon längst von der Krankheit deiner Mutter gesagt? Meine Mutter ist nicht hart gegen die Armen. Sie hätte es euch in dieser Not gewiss nicht an Unterstützung fehlen lassen.«

»O gnädiges Fräulein«, sagte Christine, »ich weiß wohl, dass Sie und die gnädige Frau Mutter gegen die Armen sehr gütig sind. Allein meine Mutter sagt: So lange man sein Brot selbst erwerben kann, muss man andern nicht zur Last fallen. Es gibt viele Arme, die gar nichts mehr erarbeiten können. Es wäre Sünde, diesen das Brot abzustehlen.«

Diese Worte gefielen Emilien sehr wohl. »Warte hier ein wenig!« sagte sie freundlich, und eilte in das Zimmer, mit ihrer Mutter zu reden. Ihre Mutter, die Frau von Waldheim, wollte Christine sehen. Emilie führte sie herein – und Christine erstaunte nicht wenig über das prächtige Zimmer, die lieblich-grünen mit bunten Blumenkränzen bemalten Wände, den großen Spiegel mit goldenem Rahmen, die zierlichen Schränke und Tische von glänzend braunem Holze, das Kanapee und die Sessel mit grünseidenen Überzügen und den eingelegten, geglätteten Boden. In ihrem Leben hatte sie noch nichts dergleichen gesehen, und es wandelte sie bei dem Anblicke all dieser Pracht eine Art von Ehrfurcht an.

Die gnädige Frau aber, die eben an ihrem Stickrahmen saß, ward innig gerührt, als sie das arme schüchterne Kind in seinem dürftigen, aber reinlichen Kleidchen von weiß und rot gestreifter Leinwand, mit seinem gelben Strohhütchen, auf dem ein Sträußchen von Erdbeerkraut voll weißer Blüten und roter Beeren steckte, mit den hellen Tränen in den blauen Augen, und der reinlichen Schale voll Erdbeeren in der zitternden Hand so bei der Türe stehen sah.

»Komm doch näher zu mir her«, sagte sie freundlich. »Du darfst dich nicht fürchten.« Indem Christine näher trat, erblickte sie ihr Bild im Spiegel. Sie hatte noch nie einen großen Spiegel gesehen; der ihrige zu Hause war nicht größer als ein Taschenkalender. Sie glaubte im ersten Augenblicke noch ein anderes Erdbeermädchen, das ihr die Kundschaft streitig machen wolle, gehe auf sie zu. Sie blieb verwundert stehen. Am meisten aber erstaunte sie darüber, dass dieses Mädchen gerade so wie sie gekleidet sei, eben ein solches Strohhütchen mit einem Erdbeersträußchen aufhabe, und eben eine solche Schale mit Erdbeeren in der Hand halte. Indessen merkte sie bald, dass sie sich geirrt habe, und wurde über und über rot.

Frau von Waldheim lächelte über den unschuldigen Irrtum des armen Kindes und erkundigte sich auf das liebreichste nach den Umständen der kranken Mutter. Christine bekam wieder Mut und gab auf jede Frage eine verständige Antwort. Als sie aber von der Armut und den vielen Leiden und Schmerzen ihrer lieben Mutter erzählte, konnte sie vor Betrübnis fast nicht mehr reden. Sie schluchzte und reichliche Tränen flossen über ihre Wangen.

»Weine nicht so, liebes Kind«, sagte die gnädige Frau, »ich werde für deine Mutter sorgen. Du musst mir jetzt nur noch sagen, wo ihr wohnt?« – »In der letzten Hütte des Dorfes«, antwortete Christine. »Sie können aus dem Fenster hier das Strohdach dort zwischen den Bäumen sehen.« – »Nun wohl«, sprach Frau von Waldheim, »das kleine Haus mit den weißen Mauern und dem gelben Dache nimmt sich zwischen den dunkelgrünen Bäumen sehr artig aus. Da wohnt also deine Mutter. Und wie heißt sie denn?« – »Sie heißt Rosalie West«, sagte Christine, »in dem Dorfe heißt man sie aber gewöhnlich nur die arme Rosalie.«

Die gnädige Frau bezahlte hierauf die Erdbeeren dreifach, und befahl, die Porzellanschale, in der Christine die Beeren gebracht hatte, mit der besten Fleischsuppe für die kranke Mutter zu füllen.

»Das ist ja ein überaus liebes, gutes Kind!« sagte die Frau von Waldheim zu Emilien, als Christine fort war. »Ich will nicht einmal etwas davon sagen, dass sie bei all ihrer Armut schon in ihrem Äußerlichen ein Muster der Reinlichkeit und Ordnung ist. Allein ihre Liebe zu ihrer Mutter geht über alles. Ein solches Herz voll kindlicher Liebe ist mehr wert, als ein Diamantstern auf der Brust. O Emilie! Wenn ich einmal – was zu seiner Zeit auch eintreffen wird – so krank und elend daläge, wie Christines Mutter, würdest du wohl auch so zärtlich um mich besorgt sein, meiner so liebreich pflegen, und so vieles für mich tun?«

Emilie, der bei Christines Erzählung die Tränen schon immer in den Augen standen, fiel ihrer Mutter weinend um den Hals. »Das wolle Gott verhüten«, sprach sie schluchzend, »dass Sie, liebste Mutter, krank und elend werden. Lieber wolle Er mir eine Krankheit zuschicken. Aber wenn es denn doch so sein müsste, und Sie krank werden sollten – o gewiss, gewiss, ich würde nicht weniger für Sie tun, als Christine für ihre Mutter tut.«

»Gott segne dich, liebes Kind, für diese deine kindliche Liebe«, sprach die gerührte Mutter. »O bleibe immer so gesinnt, und du wirst auf Erden noch viele frohe Tage erleben. Denn glaube mir, jedem Kinde, das seine Eltern aufrichtig ehrt und liebt, lässt es Gott wohl gehen. Und so wird – denke du an mich! – auch die arme Christine noch bessere Tage sehen!«

Christine war indessen vergnügt und fröhlich nach Hause geeilt. Ihre Mutter ward über ihre Erzählung hoch erfreut, und die kräftige Fleischbrühe kam der armen Frau, die seit langer Zeit nichts als Wassersuppen gegessen hatte, sehr wohl. »O liebe Christine«, sagte sie, indem sie mit aufgehobenen Händen andächtig zum Himmel blickte, »so verlässt Gott die Seinen doch nie! Er hilft allemal noch zur rechten Zeit! – Lass uns fernerhin auf Ihn vertrauen; allein dabei auch immer das Unsrige treu und redlich tun. Denn sieh, liebe Christine, wenn du, aus kindlicher Liebe zu mir, nicht so fleißig Erdbeeren gesammelt und meinen Ermahnungen zur Reinlichkeit und Ordnung nicht gefolgt hättest – so hätten wir das Glück wohl nicht gehabt, dass die gnädige Frau und das liebe Fräulein sich unsrer Armut so liebreich annehmen wollen. Sieh, nicht das geringste Gute bleibt ohne gute Folgen; Gott bedient sich desselben, edle Herzen zu rühren, und durch sie uns aus der Not zu erretten.«

3. Die Schicksale der beiden Mütter

Der folgende Tag war ein Sonntag. Christine saß des Abends, nachdem sie ihre kleinen Hausgeschäfte besorgt und ihr Lämmchen gefüttert hatte, neben dem Bette ihrer Mutter, und las ihr aus einem Buche mit sanfter, lieblicher Stimme deutlich und langsam vor. Der Abend war sehr schön und die untergehende Sonne schien durch die Rebenblätter am Fenster glutrot in das kleine Stüblein. Da trat auf einmal die Frau von Waldheim mit Emilien herein. »Je«, rief Christine und sprang auf, »die gnädige Frau und das Fräulein!« Die Kranke war von der Gnade dieses Besuches sehr gerührt.

Die Frau von Waldheim blickte vergnügt in dem engen Stübchen umher. Die Wände waren schneeweiß, die wenigen Schüsseln und Teller auf dem Rahmen an der Wand hell und glänzend, der Tisch, die Bank, das paar Stühle und der Stubenboden rein gefegt. Auch die Bettüberzüge und die Kleidung der kranken Frau waren, so ärmlich sie aussahen, äußerst reinlich. Die Frau von Waldheim setzte sich auf den Stuhl, von dem Christine aufgestanden war. Mit Wohlgefallen vernahm sie, dass Christine alles so in Ordnung halte. Sie blätterte in dem Buche, lobte das Buch und Christines gutes vernehmliches Lesen, das sie noch gehört hatte. Sie bemerkte auf dem Kasten an der

Wand ein paar Strickkörbchen, durchsuchte sie, und war mit den Arbeiten der Mutter sowohl als der Tochter sehr zufrieden.

»Ihr seid sicher nicht aus dem Dorfe dahier«, sagte die gnädige Frau. »Denn Ihr habt das Stricken und Eure Tochter hat das Lesen nicht dahier gelernt. Ihr müsst wohl durch besondere Schicksale hierher gekommen sein?«

»Ja, wohl hatte ich besondere und sehr harte Schicksale!« sagte die Kranke und fing an zu erzählen. »Mein Mann«, sprach sie, »war Leibjäger in den Diensten einer Herrschaft jenseits des Rheins. Wir waren kaum ein paar Jahre verheiratet und hatten diese Zeit ungemein glücklich und vergnügt gelebt – da brach der Französische Krieg aus. Unsere Herrschaft flüchtete, und konnte uns nicht mitnehmen. Mein Mann trat auf ihr Anraten bei einem Jägerchor in Dienste. Ich konnte ihm mit meiner Tochter, die damals noch so klein war, dass sie den Namen Vater noch nicht aussprechen konnte, natürlich nicht folgen. Unter tausend Tränen nahmen wir Abschied. Ach, es war das letzte Mal, dass ich ihn sah! Er schrieb mir zwar von Zeit zu Zeit, dass er gesund sei. Allein plötzlich vernahm ich, er sei schwer verwundet, und bald darauf erhielt ich die Nachricht, er sei an seinen Wunden gestorben. Mein Jammer war unbeschreiblich! Ach, er war ein guter Mann, ehrlich und redlich! Ich weiß zwar sein Grab nicht; allein seine Gebeine ruhen gewiss in Frieden! – Ich geriet nun mit meiner Tochter bald in sehr großes Elend. Ich hatte mich nach Hause zu meinen Eltern begeben. Allein auch diese Gegenden wurden nunmehr von dem Kriege schrecklich heimgesucht. Meine Eltern verloren all das Ihrige, und starben bald darauf an einer ansteckenden Krankheit, die der Krieg verbreitet hatte. Ich war genötigt, auszuwandern. Meine Habseligkeiten waren klein beisammen. Ich hatte fast nichts, als diese zwei Hände. Ich irrte weit umher. Endlich kam ich in dieses Dorf. Diese Hütte stand eben leer. Die wackern Bauersleute, deren Nebenhaus sie ist, gestatteten mir, hinein zu ziehen, unter der Bedingung, dass ich ihre zwei kleinen Mädchen im Nähen und Stricken unterrichte, was ich denn auch sehr gerne tat! Ich habe allerdings viel gelitten – allein Gott hat doch immer treulich für mich gesorgt und mir immer und überall durchgeholfen, bis auf diesen Augenblick, da Er Sie, edle Wohltäterin, unter dieses Strohdach führte. Ihm sei Dank für alles – für Leiden und Freuden!«

Die Frau von Waldheim hörte sehr aufmerksam zu, und die hellen Tränen glänzten ihr in den Augen. »Ach«, sagte sie, »mein Schicksal gleicht sehr dem Eurigen, nur ist es noch trauriger! Ich habe nicht nur, wie Ihr, Eltern und Ehegemahl verloren, sondern überdies noch meinen einzigen Sohn. Mein Gemahl war Major eines Husarenregiments. Sogleich in einer der ersten Schlachten, in der er sich sehr auszeichnete, die aber unglücklich ausfiel, ward er gefährlich verwundet. Ich eilte auf die Schreckensnachricht mit meinen zwei Kindern unverzüglich zu ihm. Allein mir ward nur mehr der traurige Trost, ihn noch einmal zu sehen. Er starb in meinen Armen. Wie mir zu Mute war, könnet Ihr euch denken, beschreiben kann ich es unmöglich. – Auf die unglückliche Schlacht folgte eine übereilte Flucht. Alle Straßen waren mit Flüchtlingen bedeckt. Ich ward unter dem Gewühle von Menschen mit fortgerissen, fast ohne zu wissen wohin. Meine zwei Kinder – ein lieblicher Knabe von kaum vier Jahren, und diese Tochter hier, die damals noch kein Jahr alt war, vermehrten noch meinen Jammer. Als ich mit ihnen an den Rhein kam und über die Brücke wollte, war das Gedränge von Kriegswagen, Kanonen, Pulverkarren, Wagen voll verwundeter Krieger, die alle hinüber wollten, so groß, dass ich mich der Brücke gar nicht nähern konnte. Indessen war die Sonne untergegangen. In einiger Entfernung wurde noch gefochten, um den Übergang über den Fluss zu decken. Allein der Donner der Kanonen rückte immer näher. Ach, es war der schrecklichste Abend meines Lebens! Einige der Flüchtlinge bemächtigten sich weiter hinab an dem Flusse eines Schiffes, um das andere Ufer zu erreichen. Aus Mitleid nahmen sie mich und meine Kinder in das Schiff auf. Allein das Schiff war so mit Menschen überladen, und sie waren des Fahrens so unkundig, dass es umschlug.

Ein Offizier am andern Ufer hatte unsre Gefahr bemerkt und uns zwei Soldaten mit einem kleinen Schifflein, dem einzigen, das eben vorhanden war, zu Hilfe geschickt. Es kam eben an, als das unsrige gesunken war. Ich und meine Tochter, die ich fest in den Armen hielt, wurden mit genauer Not aus den Fluten gerettet und halb tot an das Land gebracht. Allein mein Sohn war untergegangen und von ihm ward nichts mehr gesehen.«

Frau von Waldheim konnte hier vor Weinen nicht mehr reden, und verbarg ihr Gesicht in ihr weißes Tuch. Über eine Weile sprach sie weiter: »Ich und meine Tochter wären vor Frost und Nässe wohl auch noch umgekommen, wenn nicht eine mitleidige Herrschaft, die eben vorbei kam und auch auf der Flucht war, uns in ihren Reisewagen aufgenommen hätte. Allein die Angst und der Schrecken beim Schiffbruche, die beständige Traurigkeit über den Tod meines Gemahls und Sohnes, und die Beschwerlichkeiten auf der Flucht, zogen mir eine Krankheit zu. Als ich wieder hergestellt war, dachte ich erst an eine andere nachteilige Folge dieses zweifachen Todfalles. Weil mein Gemahl ohne einen männlichen Erben gestorben war, so fielen unsre Güter dem Landesherrn anheim. Unser Schloss dahier wurde sogleich in Besitz genommen und zu einem Spitale für kranke und verwundete Krieger eingerichtet. Ich musste, was ich jedoch nur den unruhigen Zeiten zuschreiben kann, lange ohne Pension leben; da ich keine eigene Wohnung mehr hatte, musste ich in der Stadt einen sehr hohen Hauszins bezahlen, und zuletzt wirklich Mangel leiden. Endlich ward mir ein anständiges Witwengehalt ausgeworfen, der Betrag für die verflossenen Jahre bar ausbezahlt, und mir ein Teil des Schlosses dahier, das ehemals unser Eigentum war, zum Aufenthalt angewiesen. Allein der Verlust meines Gemahls und meines Sohnes bleiben doch unersetzlich! So groß indessen auch dieser Verlust ist, so ist doch dies ein schöner Gewinn dabei, dass meine Leiden mich Gott mehr kennen lehrten und mich gefühlvoller für die Leiden meiner Mitmenschen machten. Und dann – was können wir uns auf Erden mehr wünschen, als unser ordentliches Auskommen und ein ruhiges Plätzchen, wo wir im Frieden leben, Gott dienen und unsern Mitmenschen Gutes tun können – in der seligen Hoffnung, unsre verklärten Geliebten in einer bessern Welt wieder zu sehen.«

Indessen war es spät geworden. Die Frau von Waldheim sah an ihre Uhr, und stand auf. »Bedient Ihr euch auch der Hilfe eines Arztes?« fragte sie noch. »Ach nein«, sagte die Kranke. »Einen ordentlichen Arzt vermag ich nicht, und mich eines Pfuschers zu bedienen, trage ich Bedenken.« – »Ihr habt Recht!« sagte die gnädige Frau. »Besser gar keine Hilfe, als eine solche.« Sie versprach der Kranken ihren eigenen Arzt zu schicken, und tröstete sie mit der Hoffnung, unter Gottes Beistande werde es dann bald besser werden. Hierauf befahl sie, Christine solle alle Tage in dem Schlosse für ihre Mutter das Essen holen, wünschte beiden freundlich gute Nacht, und kehrte mit Emilien wieder zurück in das Schloss.

4. Unterhaltungen der beiden Töchter

Nach vierzehn Tagen besuchten Frau von Waldheim und Emilie die kranke Rosalie wieder. Es hatte sich mit ihr indessen sehr gebessert. Die trefflichen Arzneien und die angemessenen Speisen hatten ihr überaus gut angeschlagen. Sie war bereits auf, saß an der Tischecke auf der Bank und strickte. Sobald sie die gnädige Frau erblickte, stand sie auf, eilte ihr entgegen, und die Tränen liefen ihr über die blassen Wangen. Sie konnte keine Worte finden, ihren Dank auszudrücken. Die Frau von Waldheim setzte sich an die andere Ecke des Tisches. Sie hatte ihr Arbeitskörbchen mitgebracht und nahm ihr Gestrick hervor. Emilien erlaubte sie, mit Christine indessen in den Baumgarten zu gehen, der sich von der Hütte bis an den Bach erstreckte, und den guten Bauersleuten gehörte, von denen Rosalie so liebreich aufgenommen worden.

Während nun die zwei Mütter sich über ihre Schicksale miteinander unterredeten, unterhielten sich die zwei Töchter in dem Garten. Christine führte Emilien ihr zahmes Lämmchen vor. Emilie hatte über das artige Tierchen eine ungemeine Freude. Da sie in einer großen Stadt erzogen worden, kannte sie die Schafe beinahe nur aus ihrem Bilderbuche. Noch nie hatte sie ein Lamm in der Nähe gesehen. Das Lamm ließ sich von Emilien streicheln, fraß die zarten, grünen Blättchen, die Emilie ihm vorhielt, ihr aus der Hand, und lief ihr sogleich nach, als wollte es noch mehr. Emilie war ganz entzückt. Auch ein solches Lämmchen zu haben, war ihr herzlichster Wunsch. Allein sie war zu bescheiden, es sich merken zu lassen. »Nein«, dachte sie, »um alles in der Welt möchte ich die arme Christine nicht um ihre einzige Freude bringen!«

Nachdem Frau von Waldheim und Emilie fort waren, erzählte Christine ihrer Mutter, welche große Freude das Fräulein an dem Lämmchen gehabt habe. Da sprach die Mutter: »Höre einmal, Christine! Emilie und ihre Mutter haben viele Güte für uns gehabt. Ohne sie läge ich vielleicht in dem Grabe, und du hättest keine Mutter mehr. Es ist billig, dass wir uns so dankbar bezeigen, als möglich. Du könntest Emilien nun wohl auch eine große Freude machen – aber ich fürchte, es kommt dich zu schwer an. Allein an deiner Stelle wüsste ich wohl, was ich tun würde!«

»Ihr mein Lämmchen schenken!« fiel Christine ihrer Mutter schnell ins Wort. »Ja, das will ich!« rief sie. »Morgen in aller Frühe soll sie es haben. Emiliens Mutter hat mir das Liebste erhalten, was ich in der Welt habe – dich liebste Mutter! Warum sollte ich Emilien nicht mit Freuden das schenken, was mir nach dir das Liebste ist – mein Lämmchen!«

»Nun, das freut mich«, sprach die Mutter, »dass du ein dankbares Herz hast. Das ist mehr wert, als wenn man dir das Lamm mit Gold aufwägen würde.«

Die Mutter erinnerte sich, dass sie unter ihren Sachen noch ein kleines Streifchen roten Atlas und einige vergoldete Flittern habe. Sie suchte sie unverzüglich hervor, und saß sogleich hin, aus dem Atlasse für das Lämmchen ein Halsband zu machen, und mit den Flittern Emiliens Namen hineinzusticken. Emilie hatte Christine ein feines, weißes Halstuch geschenkt. In der Ecke desselben waren die Anfangs-buchstaben von Emiliens Namen zierlich mit blauer Seide eingenäht. Diese Buchstaben dienten der Mutter zum Muster. Sie war gesonnen, so lange aufzubleiben, bis sie mit dieser Arbeit fertig wäre. Christine leistete ihr treulich Gesellschaft, fädelte ihr jedesmal die Nadel ein, und suchte die schönsten und tauglichsten Flittern heraus und bot sie ihr hin. Endlich gegen Mitternacht war die Stickerei vollendet, und Christine war über das schön gelungene Werk so erfreut, dass sie vor Freude fast nicht schlafen konnte.

Sobald am andern Tage die Morgenröte anbrach, eilte das gute Mädchen mit dem Lamme dem Bache zu, und wendete ihr letztes Stückchen Seife daran, das nette Tierchen so rein zu waschen, als möglich. Und sieh da – es ward fast so weiß, wie neugefallener Schnee. Die Mutter legte nun dem Lämmchen das Halsbändchen an. Der hochrote Atlas mit den goldenen Buchstaben und der goldenen Ein-fassung nahm sich zwischen dem reinen, weißen Gekräusel der Wolle ganz unvergleichlich schön aus. Christine und ihre Mutter betrachteten das Lämmchen mit Entzücken, und konnten kaum aufhören es zu loben.

Christine trug nun das Lämmchen in das Schloss. Sie ging zuerst in die Küche zur alten Köchin, die sich immer besonders liebreich gegen Christine bezeugt hatte, und redete mit ihr, wie sie ihr Geschenk am schicklichsten anbringen könne. Die Köchin hatte an dem schön geschmückten Lamme ein großes Wohlgefallen und lobte Christines

Einfall sehr. Sie nahm das Lämmchen, ging, und öffnete leise die Zimmertüre der Herrschaft. Die gnädige Frau saß am offenen Fenster und strickte. Emilie las ihr aus einem Buche vor. Beide waren so emsig, dass sie nicht aufblickten. Da schob die Köchin das Lämmchen geschwind zur Türe hinein, machte die Türe eben so leise wieder zu, und eilte zurück in die Küche.

Frau von Waldheim und Emilie hatten von allem nichts gemerkt. Das Lämmchen blieb an der Türe stehen, schaute eine Weile umher, und fing dann laut an zu blöken. Emilie blickte auf, und rief: »Je, das Lämmchen!« Sie nahm von dem Seitentischchen ein wenig Brot, das von dem Frühstücke über geblieben war, und hielt es dem Lämmchen hin, und das arme Tierchen, das den Morgen noch kein Futter bekommen hatte, lief sogleich auf sie zu, und fraß es ihr aus der Hand. Emilie hatte eine unbeschreibliche Freude. Das Lämmchen kam ihr ohne Vergleich schöner vor als gestern, und als sie erst die goldenen Anfangsbuchstaben ihres Namens bemerkte, und daraus ersah, das Lämmchen sei zum Geschenk für sie bestimmt, da war ihre Freude noch größer.

»O wie gut ist doch Christine«, sagte sie, »dass sie mir ihr Liebstes gibt! Ich getraue mir kaum es anzunehmen. Was meinen Sie, liebste Mutter, dass ich tun soll?«

»Du musst es annehmen«, sagte die Mutter, »sonst würdest du das gute Kind betrüben. Ich werde Christine auf eine andere Art entschädigen.«

Emilie eilte nun in die Küche, ihr gutes Erdbeermädchen zu rufen. Christine hatte sogleich fort gewollt; allein die Köchin hatte sie aufgehalten. Es kostete Emilien viele Mühe, das bescheidene Mädchen herein zu nötigen in das Zimmer.

Die Frau von Waldheim hatte indessen aus ihrem Schreibkasten ein Goldstück hervor gesucht, auf dem ein Lamm abgebildet war. »Du hast ein sehr dankbares Herz, mein liebes Kind!« sagte sie, als das errötende Mädchen an Emiliens Hand in das Zimmer trat. »Du hast meiner Tochter ein Geschenk gemacht, das ihr wohl nicht für Gold feil wäre. Nimm hier als eine kleine Gegenerkenntlichkeit dieses goldene Lämmchen.«

Die gute Christine war von dieser feinen Art zu geben so gerührt, dass es ihr sehr schwer ankam, das Geschenk zurückzuweisen. Allein noch mehr würde es sie geschmerzt und gekränkt haben, sich ihr dankbares Gemüt bezahlen zu lassen. Sie kam in große Verlegenheit und die Tränen traten ihr in die Augen. »O nein, nein, gnädige Frau«, sagte sie, »ich kann das Gold wahrhaftig nicht nehmen. Es würde mir meine ganze Freude verderben. Nichts, als die reinste, herzlichste Dankbarkeit bewog mich, Fräulein Emilien mein Lämmchen als ein armes, geringes Geschenk darzubringen, und es ist mir unmöglich, mich dafür so überreichlich belohnen zu lassen.« Sie blieb ungeachtet alles Zuredens darauf, nichts zu nehmen.

Diese Uneigennützigkeit an einem so armen Mädchen gefiel der Frau von Waldheim noch mehr, als das überbrachte ländliche Geschenk. »Nun«, sagte sie, »so will ich dich auf eine andere Art zu belohnen suchen, die deiner Denkart angemessener ist. Wegen deines edlen Herzens sollst du von nun an die Gespielin meiner Emilie sein. In deiner Gesellschaft läuft sie keine Gefahr, niedrige Gesinnungen anzunehmen. Komm fürs erste nur allzeit nach Tische hierher – da will ich euch miteinander Arbeit geben, und dann wollen wir schon sehen, was noch weiter zu tun ist.«

Als Christine nach Hause kam und erzählte, wie es gegangen, war ihre Mutter mit ihrem Betragen sehr zufrieden. »Siehst du nun«, sprach sie, »es ist so, wie ich dir schon öfter gesagt habe. Das ärmste Kind – wenn es sich nur bestrebt, von Herzen gut zu sein, findet am Ende doch Menschen, die es um seiner Güte willen mehr schätzen, als wäre es mit Gold und Perlen behängt. Das reichste und schönste Mädchen hingegen – wenn es sonst nichts weiter ist – wird der gerechten Verachtung am Ende doch nie entgehen, und das Glück, von guten Menschen aufrichtig geliebt und geehrt zu sein, wird ihm nie zu Teil werden. Gutsein, Gutsein ist das Einzige, was uns wahrhaft froh, reich und geehrt macht.«

5. Ein Fremder tritt auf

An dem goldgestickten Halsbändchen, mit dem das Lämmchen geschmückt war, hatte die Frau von Waldheim entdeckt, dass Rosalie eine sehr geschickte Stickerin sei. Rosalie hatte aber diese Kunst, weil dergleichen Arbeiten in dem Dorfe nicht geschätzt wurden, lange nicht mehr geübt, und sich bloß auf das Stricken und Nähen verlegt. Frau von Waldheim gab ihr nun manches zu verdienen, und verschaffte ihr auch anderwärts her Bestellungen. Die arme Rosalie fand auf diese Art nicht nur ihr hinreichendes Auskommen, sondern überdies noch öfteren Zutritt in das Schloss.

Frau von Waldheim hatte anfangs sich Rosaliens nur aus Mitleid angenommen; allein so wie sie dieselbe näher kennen lernte, verwandelte sich dieses Mitleid nach und nach in Hochachtung. Sie fand an dem Umgange mit ihr immer mehr Vergnügen. Man wunderte sich, dass eine adelige Dame, die Gemahlin eines Stabsoffiziers, mit einer armen Soldatenwitwe Freundschaft machen möge. Allein Frau von Waldheim sagte lächelnd: »Nun, Ihr werdet doch nicht behaupten, mein seliger Mann, der tapfre Major, sei kein Soldat gewesen? Doch im Ernste! Eben dieses, dass auch ihr Mann zum Militär gehörte, und wie der Meinige den Tod für das Vaterland starb, diente ihr bei mir zur Empfehlung. Die Ähnlichkeit unsrer Schicksale vermehrte meine Zuneigung zu ihr. Sie ist Witwe, wie ich, musste vieles leiden, wie ich, hat wie ich nur eine einzige Tochter. Unsre Töchter sind von gleichem Alter, und lieben einander herzlich – und wenn meine Emilie so gut und edel ist als ihre Christine, und Emiliens Mutter so gut und edel als Christines Mutter, so will ich es gerne zufrieden sein. Die äußerlichen Verhältnisse weisen dem Menschen allerdings seinen Rang in der menschlichen Gesellschaft an; allein nur ein wahrhaft gutes edles Herz macht den wahren Wert des Menschen aus. Diese arme Soldatenwitwe ist so bescheiden, so sanft, so rechtschaffen, so durch Leiden bewährt, so von Herzen fromm, und dabei so verständig und gebildet, dass ich dadurch mich geehrt fühle, sie meine Freundin zu nennen.«

Frau von Waldheim zeichnete auch ihre arme Freundin immer mehr aus. Sie kam jeden Sonntag von dem Schlosse in das Dorf herab zur Kirche, und da ging sie nach dem Gottesdienste nie an Rosaliens armer Wohnung vorüber, ohne wenigstens auf einige Augenblicke einzukehren. Sie gab Christine, die täglich in das Schloss kam, öfter auf, ihre Mutter mitzubringen, und bald mussten beide alle Tage nach Tische in das Schloss kommen. Die gnädige Frau und das Fräulein, Rosalie und Christine saßen dann zusammen an einem Arbeitstische, und beschäftigten sich einige Stunden sehr emsig mit allerlei schönen Arbeiten. Rosalie musste hierauf mit der gnädigen Frau Tee trinken, und Christine mit Emilien ein Butterbrot essen. Auf den Abend machten sie gewöhnlich alle zusammen noch einen kleinen Spazier-gang.

Einmal an einem schönen Sommerabend gingen sie nun miteinander in den Eichwald, der sich am Abhange des Schlossberges herumzog. Mehrere schattige Gänge, die mit reinlichem Kiese bestreut waren, führten durch den Wald, und hie und da war eine bequeme Bank zum Ausruhen angebracht. Der Tag war sehr heiß gewesen und noch war es ziemlich schwül. Die Frau von Waldheim setzte sich daher mit ihrer Begleiterin Rosalie auf eine steinerne Bank, die in einen Felsen des Berges eingehauen und von einem Paar Eichen beschattet war. Das Plätzchen war, wegen der herrlichen Aussicht, die man hier genoss, ihr Lieblingsplätzchen.

Emilie und Christine gingen noch eine Strecke weiter, und jede trug ein niedliches Körbchen am Arme. Es war gerade die Zeit der Himbeeren, und Emilie hätte deren schon lange selbst gerne im Walde gepflückt. Christine führte sie zu einer ausgehauenen Stelle des Waldes, die beinahe ganz mit Himbeersträuchern bedeckt war. Beide Mädchen pflückten nun sehr geschäftig und ließen sich die duftenden Beeren sehr wohl schmecken. Bald rief diese, bald jene, hier gebe es noch schönere. Die allerschönsten taten sie aber in ihre Körbchen, um sie Emiliens Mutter zu bringen. Das Lämmchen, das sie mitgenommen hatten, lief indessen auf dem offenen Platze herum, graste hier ein wenig, nagte dort an den Blättern der Gesträuche, und hatte sich nach und nach ziemlich weit von ihnen entfernt.

Da bemerkte Emilie auf einmal einen fremden Jüngling, der das Lämmchen streichelte und das Halsband desselben sehr aufmerksam betrachtete. Emilie und Christine eilten sogleich hin, denn sie fürch-teten, er wolle das Halsband oder gar das Lämmchen mit sich fort nehmen. Der Jüngling blickte, als er sie kommen hörte, auf. Er war sehr schön und blühend von Angesicht und hatte ein dunkelgrünes Sommerkleid an und einen runden Kastorhut auf. Er schien bis zu Tränen gerührt, und blickte Emilien mit einer Art von Erstaunen und Verwunderung an. Endlich nahm er mit seiner Rechten ehrerbietig den Hut ab; in seiner Linken aber hielt er – was Emilien äußerst seltsam vorkam – einen goldenen Ring.

»Verzeihen Sie, mein Fräulein«, sagte er, da er Emiliens Ängstlich-keit bemerkte, »ich wollte dem Lämmchen, das, wie ich sehe, Ihnen gehört, nichts zu leid tun. Es fielen mir nur die Buchstaben auf, die hier auf das Halsband gestickt sind. Sind das vielleicht die Anfangsbuchstaben ihres Namens?«

»Ja«, sagte Emilie befremdet, »das sind sie. Die drei goldenen Buchstaben auf dem roten Atlasse hier heißen E. v. W. Ich aber heiße Emilie von Waldheim.«

»Emilie! Emilie!« rief der Jüngling erstaunt.

Emilie erschrak über seine Heftigkeit. Sie glaubte, er sei nicht recht bei Sinnen und es ward ihr unheimlich. »Komm, da ist nicht gut sein!« sagte sie zu Christine, nahm sie bei der Hand, und wollte mit ihr davon laufen. Der fremde Jüngling aber fasste sich wieder, und sagte ganz ruhig: »Ich bitte Sie, bleiben Sie nur noch einen Augenblick! Ich habe da einen goldenen Ring, auf dem die drei nämlichen Buchstaben eingegraben sind. Sehen Sie da E. v. W.! Deshalb betrachtete ich die Buchstaben da auf dem Halsbändchen so aufmerksam und verwundert. Es liegt mir äußerst viel daran, inne zu werden, woher dieser Ring sei. Allein«, fügte er traurig bei, »Ihnen gehört der Ring zuverlässig nicht. Es stehet da, den Buchstaben, gegenüber, noch die Jahrzahl 1786. Dieses vereitelt meine Hoffnung. Ach, damals waren sie noch nicht geboren!«

Emilie sagte: »Meine Mutter hat eben den Namen wie ich; auch sie heißt Emilie von Waldheim.«

»Wie!« rief der Jüngling aufs neue erschüttert. »Wäre es möglich! Ach, vielleicht gehört der Ring ihrer Mutter. Könnten Sie mich nicht zu ihr führen?«

»Mit Vergnügen«, sagte Emilie. »Sie ist kaum ein paar hundert Schritte von hier. Haben Sie nur die Güte, mir zu folgen.« Sie gingen. Der Jüngling ließ Emilien die rechte Seite, und Christine mit dem Lämmchen begleitete sie.

Als sie zur Felsenbank kamen, blieb der Jüngling in einiger Entfernung schüchtern stehen, und betrachtete die Frau von Waldheim einige Augenblicke stillschweigend. Sein Angesicht war wie von Schrecken bleich und die Hand, in der er den Ring hielt, zitterte. Indessen ermannte er sich, trat näher, verbeugte sich mit Anstand, erzählte kurz den sonderbaren Zufall mit dem Zusammentreffen der Buchstaben – und überreichte ihr den Ring.

Die Frau von Waldheim nahm den Ring – erblickte die drei Buchstaben – tat einen lauten Schrei – und wäre umgesunken, wenn Rosalie sie nicht gehalten hätte.

»Gott im Himmel, was ist das?« rief sie, als sie sich von dem Schrecken ein wenig erholt hatte. »Das ist der Ehering meines seligen Gemahls. Sehen Sie, der Ring hier an meinem Finger, den mein Gemahl mir als Bräutigam gab und den ich noch immer zu seinem Andenken trage, ist genau auf die nämliche Art gearbeitet, nur etwas kleiner. O reden Sie, reden Sie doch, wie kamen Sie zu dem Ringe? Wer sind Sie? Wer sind Ihre Eltern?«

Der Jüngling ward noch bleicher und zitterte an allen Gliedern. »Mein Vater«, sprach er, »ward im Kriege erschossen. Meine Mutter war eine schöne Frau, trug ein schwarzes Kleid, und weinte immer sehr viel. Ich hatte noch ein kleines Schwesterchen, die Emilie hieß. Die Mutter fuhr mit uns zwei Kindern über den Rhein. Das Schiff ging unter. Ich ward, als ein Kind von etwa vier Jahren, aus dem Wasser gezogen. Von Mutter und Schwester hörte ich seit dieser Zeit nichts mehr. Den Ring fand man, nebst einigen andern Kleinigkeiten, in einem Päckchen, das Kleidungsstücke von mir enthielt und also für mein Eigentum erklärt wurde. Sonst weiß ich von meinen Eltern und meinem Vaterlande nichts zu sagen. Mein Name ist Karl.«

»O Karl«, rief jetzt Frau von Waldheim aus und fiel dem Jünglinge um den Hals, »du bist mein Sohn! Wahrhaftig; du bist es! Du bist das Ebenbild deines Vaters!« – »O Gott, o Gott! Wie wunderbar bist du in deinen Fügungen!« rief sie dann wieder, indem sie mit aufgehobenen Armen weinend zum Himmel blickte. Und dann umfasste sie wieder ihren Sohn und benetzte sein Angesicht mit Tränen. Der Jüngling war so außer sich, dass er keine anderen Worte hervorbringen konnte, als: »Mutter! Mutter! Gott! Gott! O du guter Gott!«

Emilie stand an Christine gelehnt – und zitterte und weinte. »Emilie!«, rief endlich die Mutter. »Emilie, o sieh da deinen Bruder! Karl, Karl, sieh da deine Schwester! O grüßt euch doch auch!«

Karl schloss seine Schwester weinend in seine Arme, und rief: »O meine liebe, liebe Schwester! O Gott, welche Freude machst du mir – so unerwartet Mutter und Schwester zu finden!« Und auch Emilie konnte vor Weinen kein Wort vorbringen, als: »Lieber, lieber Bruder!«

Alle drei aber waren so selig und hatten sich so viel zu fragen und zu sagen, dass sie die ganze Welt um sich her vergaßen. Die Sonne war untergegangen und es wurde bereits dunkel, ohne dass sie es merkten. Rosalie erinnerte sie endlich, es sei Zeit, sich nach Hause zu begeben. Frau von Waldheim ging nun, an jedem Arm eines ihren Kinder, auf das Schloss zu, und Rosalie und Christine folgten ihnen.

6. Karls Jugendgeschichte

Die Frau von Waldheim veranstaltete nun in dem Schlosse eine kleine Freudenmahlzeit. Emilie deckte den Tisch mit dem feinsten blendend weißen Tafeltuche, und zwei helle Wachskerzen auf silbernen Leuchtern spiegelten sich in dem glänzend reinen Tischgeräte. Karl musste zwischen seiner Mutter und Schwester Platz nehmen, und Rosalie und Christine mussten auch mitspeisen. »Denn«, sprach die Frau von Waldheim, »ohne euch und euer Lämmchen hätte ich ja meinen lieben Sohn Karl nicht gefunden!« Karl, der von der Reise hungrig geworden, ließ sich das Abendessen sehr wohl schmecken. Seine Mutter und Schwester aber konnten vor Freude fast nicht essen, und sahen ihn nur immer an. Sie fragten ihn bald dieses, bald jenes. Allein erst nach Tische baten sie ihn, seine Geschichte im Zusammenhange zu erzählen, was er denn auch sehr gerne tat.

»Mein Kindheit und meine Jugendjahre«, sprach er, »brachte ich, von dem Abende an, da ich aus dem Flusse gezogen wurde, beständig bei einem sehr ehrwürdigen Pfarrer namens Engelhard jenseits des Rheins zu. Ich würde von den Schicksalen meiner ersten Kindheit und von meinen lieben Eltern wohl kaum mehr etwas wissen, wenn er das Wenige, was ich damals, in einem Alter von vier Jahren ihm sagen konnte, mir nicht öfters wiederholt hätte. Selbst unseres Schiffbruches erinnere ich mich jetzt nur mehr dunkel. Allein der gute Pfarrer, der nicht weit von jener Unglücksstätte wohnt und sich nach allem, was mich betraf, genau erkundigt hatte, beschrieb mir jenen fürchterlichen Abend und die darauf folgende Schreckensnacht sehr oft. Der Krieg hatte mit allem, was er Schreckliches haben kann, sich gleich einem verheerenden Gewitter, ganz in jene Gegend gezogen. Zwei Dörfer standen im Brande, und die hoch auflodernden Feuerflammen erhellten mit ihrem roten Glanze weit umher die Gegend, röteten die Wolken des Himmels, und strahlten schauerlich aus dem Flusse wieder. Die geschlagene Armee rettete sich über den Fluss. Die Sieger drangen ihr auf dem Fuße nach. Man glaubte ein furchtbares Hochgewitter zu hören, so laut donnerten die Kanonen, und man vernahm bereits das kleine Gewehrfeuer sehr deutlich. Ganze Familien, Väter, Mütter und Kinder, hatten teils zu Fuß, teils zu Wagen sich hierher geflüchtet, und wussten nun nicht mehr weiter. Das Gedränge und die Verwirrung war unbeschreiblich. Auch der gute Pfarrer hatte das Haus voll Geflüchteter, und war unermüdet beschäftiget, sie zu trösten und zu bewirten – da wurde auf einmal sehr stark an die Haustüre geklopft. Er öffnete sie – und ein Soldat mit einem kleinen weinenden Knäblein auf dem Arme stand vor der Tür. Dieses Knäblein war ich!

›Um Gottes willen, Herr Pfarrer‹, rief der edle Krieger, ›erbarmen Sie sich dieses armen Kindes, und nehmen Sie es zu sich. Ich riss es dort aus dem Fluss. Ich weiß es nirgends unterzubringen. Dieses nasse Päcklein hier enthält die Kleider des Kindes und einiges andere. Nehmen Sie – ich muss augenblicklich weiter.‹ Der gutherzige Pfarrer nahm mich liebreich in seine Arme – und der Soldat stürzte fort, indem er noch rief: ›Gott wird es Ihnen vergelten! Leben Sie wohl!‹

Der würdige Geistliche brachte nun wohl so viel aus mir heraus, mein Vater, ein Offizier, sei im Kriege umgekommen, und meine Mutter sei mit mir und meinem kleinen Schwesterchen auf ihrer Fahrt über den Rhein verunglückt. Er unterließ nicht, nachzuforschen, ob meine Mutter und Schwester dem schauerlichen Tode des Ertrinkens nicht etwa noch entgangen seien. Er begab sich, so bald es möglich war, in die benachbarten Orte, und fragte überall nach ihr. Er traf auch einige Menschen, die auf eben dem Schiffe gewesen, und gerettet worden. Sie sprachen mit Achtung und Mitleid von der tiefbetrübten Offizierswitwe; allein sie sagten einmütig, sie sei mit ihrem kleinen Kinde sicher ertrunken. Die Gewalt des Stromes habe bloß einige wenige Menschen, die sich auf dem untergegangenen Schiffe befunden hatten, an das Ufer, von dem sie hergekommen, zurück geworfen; es sei gar nicht wahrscheinlich, dass irgend eine Seele das andere Ufer erreicht habe. Der edle Pfarrer hielt es indessen doch für möglich. Allein er konnte sobald keine Erkundigungen einziehen. Die Verbindung zwischen den beiden Rheinufern war des Krieges wegen lange Zeit aufgehoben. Und nachher, als man wieder Nachrichten von dem andern Ufer des Flusses erhalten konnte, stimmten alle darin überein, nirgends habe man eine solche Frau gesehen, wie die beschriebene Offizierswitwe, und sie sei also ganz gewiss tot.

Der menschenfreundliche Pfarrer behielt mich nun bei sich, um mich zu erziehen. Er war ein sehr liebvoller, schon etwas betagter Mann, und ein wahrer Kinderfreund. Die Tage meiner Kindheit hätten wohl nicht glücklicher sein können. Er war immer heiter und freundlich, und wusste mich mit einem Wink zu leiten. Denn sein ganzes Betragen war, bei aller Freundlichkeit, immer so ernst und würdig, dass ich eine große Ehrfurcht gegen ihn fühlte, und um alles in der Welt es nicht gewagt hätte, mich gegen ihn im geringsten widerspenstig zu zeigen.

Seine erste Angelegenheit war es, mich in der Religion zu unterrichten; was er sagte, war alles so klar und herzlich, dass ich Gott und meinen Erlöser von Herzen lieb gewann. Er lehrte mich lesen und schreiben, und da er besondere Fähigkeiten an mir zu entdecken glaubte, so gab er mir Unterricht in der lateinischen Sprache. Er las mit mir lateinische Bücher, und wusste immer die schönsten Stellen auszuwählen, die meinem Alter angemessen waren. Was ich gelesen hatte, musste ich dann schriftlich ins Deutsche übertragen. Ich bekam so mehrere Bücher, von meiner Hand rein und deutlich geschrieben, zusammen, die er alle sehr schön binden ließ. Ich hatte dabei ungemeine Freude, und erwarb mir eine Fertigkeit, jedes lateinische Buch zu verstehen, wenn nur sonst der Inhalt meine Fassungskraft nicht überstieg. In der Folge gab er mir auch Unterricht im Griechischen.

Sein kleines freundliches Pfarrhaus war von einem schönen Gemüsgarten und einem großen Baumgarten umgeben. Wenn wir nun eine Stunde gelesen hatten, arbeiteten wir allemal eine Zeit im Garten. Denn er baute ihn selbst und ich musste ihm dabei helfen. Diese Arbeit war Erholung vom Studieren. Im Winter oder an Regentagen brachte er seine Nebenstunden mit Zeichnen zu, worin er es sehr weit gebracht hatte. Er verstand seine Zeichnungen mit Tuschfarben so schön und lieblich auszumalen, dass Kenner sie den vollendetsten Kunstwerken der Art an die Seite setzten. Auch ich hatte große Lust am Zeichnen und Malen. Er gestattete es mir aber allemal nur als eine Belohnung meines besondern Fleißes im Studieren, und unter seiner vortrefflichen Anleitung machte ich auch in dieser Kunst gute Fortschritte. So verfloss mir jeder Tag unter nützlichen und angenehmen Beschäftigungen; ich war immer so fröhlich und vergnügt, als je ein Kind in dem väterlichen Hause es sein kann.

Der gute Pfarrer hatte indessen auch manches zu leiden. Er musste die Trübsalen des Krieges hart empfinden. Einquartierungen und Lieferungen kosteten ihn sehr viel, und zwei bis dreimal ward sein Pfarrhaus ganz ausgeplündert. Er würde dieses wenig geachtet haben, wenn es ihm nicht um mich gewesen wäre. Er hatte mir öfters versichert, er werde mich studieren lassen. Obwohl die Erträgnisse seiner Pfarrei nicht sehr bedeutend waren, so hatte er bei seiner mäßigen Lebensart doch so viel zurück gelegt, dass er die Kosten des Studierens hätte bestreiten können. Allein nun war es ihm unmöglich; er selbst war durch den Krieg in dürftige Umstände geraten.

Er hatte indessen in Wien einen Jugendfreund, der in großem Ansehen stand, und unter dem Adel und den Gelehrten viele Freunde hatte. An diesen schrieb er, ob er einem armen Jünglinge, der eine entschiedene Anlage und Neigung zum Studieren habe, nicht Gelegenheit dazu verschaffen könnte? Es kam sogleich die erfreuliche Antwort, er wolle mich mit offnen Armen in sein Haus aufnehmen, und dann weiter für mich sorgen. Ich möchte mich aber, schrieb er, sogleich auf die Reise machen, indem ich eine vorläufige Prüfung zu bestehen hätte, um unter die Zahl der Studierenden aufgenommen zu werden.

Ein Kaufmann, der meinen Pflegvater öfter besuchte, hatte eben eine Reise in die hiesige Gegend vor, und erbot sich, mich unentgeltlich mitzunehmen. Da ich auf diese Art beinahe die Hälfte des Weges in einem bequemen Reisewagen zurücklegen konnte, so wurde dieses Anerbieten mit Freude angenommen.

Der Morgen, an dem ich von meinem guten Pflegevater Abschied nahm, wird mir ewig unvergesslich sein. Der gute Mann mit seinem frommen blassen Gesichte und seinen ehrwürdigen grauen Haaren, schloss mich in seine Arme und benetzte mein Angesicht mit Tränen. ›Liebster Karl‹, sprach er, ›der Augenblick ist jetzt da, wo du hinaus musst in die Welt. In unserm stillen abgelegenen Dorfe und in meinem Hause hier hast du, wills Gott, nichts als Gutes gesehen und gehört. In der großen Stadt, in die du jetzt kommst, wird es anders sein. Du kommst zwar in das Haus eines guten Mannes und wirst auch in der Stadt viele gute Menschen kennen lernen; allein du wirst auch der bösen Beispiele genug sehen und mancherlei Böses hören. O Karl, vergiss meiner guten Ermahnungen nicht – lass dich nicht verführen – bleibe ein edler Jüngling.

Vor allem bleibe dir unsre heilige Religion stets teuer. Sie ist der kostbarste Schatz, den wir hier auf Erden haben, und ein wahres Himmelbrot für unsern unsterblichen Geist. Wohne nicht nur dem öffentlichen Gottesdienste andächtig und ehrerbietig bei, sondern weihe auch deine stille Kammer zum Tempel der Andacht. Vergiss es nie, dass Gottes Auge dich überall sieht, und tue alles wie vor seinem Angesichte. Ihm klage deine Not und vertrau auf Ihn. Verlass Ihn nicht, und Er wird dich ewig nicht verlassen.

Du wirst mancherlei leichtsinnige Reden über Religion hören. Solche Reden verabscheue. Wer die Lehren der christlichen Religion befolgt, der erfährt es an seinem Herzen, dass sie von Gott sei. An diesem Prüfsteine, den ihr Stifter selbst angab, bewährt sie sich als lauteres Gold. Das hat sich mir durch eine Erfahrung von fast siebzig Jahren bestätigt. Das ist ihr schönster Triumpf über alle Zweifel ihrer Freunde, die noch nicht ganz zur hellen Erkenntnis gekommen sind, und über alle Einwendungen ihrer verblendeten Feinde.

Tu nie etwas Böses und handle nie gegen die Stimme deines Gewissens. Geselle dich nicht zu solchen Menschen, die über Unschuld und Schamhaftigkeit spotten und aus dem Laster einen Scherz machen; fliehe sie als wären sie vom gelben Fieber angesteckt. Eine solche leichtfertige Denkart verleitete schon manchen schönen blühenden Jüngling, die kurze Lust der Sünde zu genießen, machte ihn zum lebendigen Gerippe und stürzte ihn in ein frühes Grab. Bewahre dein Herz rein und unbefleckt, und du wirst die schöne Farbe deiner Wangen, das Feuer deiner Augen, die Ruhe deines Gewissens und die Heiterkeit des Geistes bewahren, und mein erster Blick, wenn ich dich je wiedersehe, wird mir sagen, ob du noch gut und unverdorben seiest.

Sei unermüdet in den Arbeiten deines Berufes. Der Beruf eines Studierenden ist ein schöner, edler Beruf. Es sei nun, dass du Rechtsgelehrter, Arzt oder Gottesgelehrter werden wollest – allemal wird das zeitliche oder ewige Wohl deiner Mitmenschen dir anvertraut werden. Es wäre ja wohl schrecklich, wenn du es dir nicht Ernst sein ließest, deiner Wissenschaft Meister zu werden, und wenn du einst, anstatt zum Glücke der Menschen beizutragen, aus Unfähigkeit und Unwissenheit nur Unheil stiften würdest. Die Studierjahre sind die Zeit der Saat; benütze diese köstliche Zeit, ehe sie entflieht – sonst ist an keine erfreuliche Ernte zu gedenken. Du hast es in unserm

Dorfe gesehen, wie die Landleute sich plagen müssen, wie sie vor Tag aufstehen, Frost und Hitze dulden, und alle Kräfte aufbieten – nicht nur um sich zu ernähren, sondern um auch die Abgaben zu bestreiten, die zur Unterhaltung der gelehrten Stände nötig sind. Arbeite also auch unermüdet, um für sie, die so vieles für uns tun, dereinst auch etwas tun zu können, und ihnen nicht zur unnützen Last, sondern zum Segen zu werden.

Erlaube dir aber auch zu rechter Zeit eine unschuldige Erholung. Nur lass den sinnlichen Vergnügungen keine Herrschaft über dein Herz. Wer sich von der Sinnlichkeit – von Spiel, Trunk, Tanz und dergleichen – hinreißen lässt, der ist, wenn er auch eben nichts offenbar Böses tut, dennoch ein Sklave seiner Lust – und also ein schlechter Mensch. Der ungeordnete Hang zu sinnlichen Vergnügungen zerstört in unserm Herzen das Gefühl für alles wahrhaft Große, Schöne und Gute, und macht uns unfähig, edlere Vergnügungen zu genießen.

O mein liebster Sohn! Vielleicht ist es das letzte Mal, dass du mein Angesicht siehst. Ich bin bald siebenzig Jahre alt und nicht mehr fern vom Grabe. Erfahrung, Welt- und Menschenkenntnis wirst du mir nicht absprechen wollen. Und dann – was für einen Gewinn könnte ich davon haben, dir eine Unwahrheit zu sagen? Glaube mir also – und bleibe gut. Denn sieh – wenn du gut bist, so bist du *dir* gut, und du wirst den Segen davon haben. Könntest du aber je böse werden, so wärest du *dir* böse, und *dein* wäre der Schaden, und *dich* träfe das Verderben. Liebster Karl – bleibe, bleibe gut!‹

Der gute, liebevolle Greis nahm nun die letzten zwei Goldstücke, die er noch hatte, aus seinem Pulte hervor. Ach, er hatte schon all seine Barschaft darauf verwendet, mich wohlanständig zu kleiden, und mich mit dem nötigen Reisegeld zu versehen. Er gab mir diese Goldstücke, die Sie hier sehen und sagte: ›Nimm dieses Wenige noch, liebster Sohn, als einen Notpfennig – und dann hier noch etwas, das mehr wert ist, als alles Gold – das Neue Testament! Mehr kann ich dir jetzt nicht geben. Allein lebe nur so, wie dieses göttliche Buch es uns lehrt, bleibe gottesfürchtig, edel und gut – dann bist du reich genug.‹

Hierauf segnete er mich noch mit zitternden Händen und weinenden Augen, schloss mich noch einmal in seine Arme, sagte mir Lebewohl – und ich ging schluchzend und tief gerührt zur Türe hinaus.«

Karl weinte, indem er dieses sagte, aufs neue; auch seiner Mutter und Schwester und den Übrigen flossen die hellen Tränen über die Wangen. »Dieser Pfarrer«, sprach die Mutter, »ist wahrhaftig ein sehr, sehr edler Mann. Es ist etwas Großes, sich eines fremden armen Kindes so herzlich und tätig anzunehmen, so viele Jahre hindurch so viele Zeit, Mühe und Kosten aufzuwenden, und sozusagen noch den letzten Heller hinzugeben, um es zu einem guten und glücklichen Menschen zu erziehen. Doch – nur die christliche Religion kann das menschliche Herz so uneigennützig und wohlwollend machen, alle Menschen auf Erden wie seine nächsten Blutsverwandten mit Liebe zu umfassen.«

7. Wie Karl hierhergekommen

Karl schwieg eine Weile und trocknete seine Tränen; dann erzählte er weiter. »Der Kaufmann, der mir den leeren Platz in seinem Reisewagen eingeräumt hatte, ist ein sehr rechtschaffner Mann und ein recht fröhlicher Gesellschafter. Er wusste immer etwas zu sagen, und tat alles, mich den traurigen Abschied vergessen zu machen. Bald erzählte er ein artiges Geschichtchen, bald gab er mir Rätsel auf, bald sang oder pfiff er ein munteres Liedchen. Jedes Dorf wusste er mit Namen zu nennen, und in den Städten zeigte er mir die Merkwürdigkeiten, wenn es darin deren einige gab. Etwa drei Meilen von hier musste ich mich aber von ihm trennen; denn er musste einen andern Weg einschlagen. Er wünschte mir nun Glück und Gottes Segen zu meinem Vorhaben, ermahnte mich zum Fleiße und zum Vertrauen auf Gott, sorgte noch dafür, dass mein kleiner Koffer, den er aufgepackt hatte, durch einen Fuhrmann an Ort und Stelle gebracht werde, schenkte mir ein Goldstück, drückte mir zum Abschied kräftig die Hand und fuhr in seiner Kutsche weiter.

Auch dieser Abschied war mir sehr schwer gefallen. Ich war ja nun von allen bekannten Menschen getrennt! Ich setzte indessen meine Reise zu Fuße fort. Gegen Abend wanderte ich durch den Wald, der dieses Schloss umgibt. Ich war von der Hitze des Tages und dem weiten Gehen, das ich nicht gewohnt bin, sehr ermüdet. Ich setzte mich daher, um ein wenig auszuruhen, auf einen Rasensitz, den ich unter einem Buchbaum erblickte. Das alte Schloss, das von der

Abendsonne vergoldet aus dem waldichten Berge hervorragte, gewährte hier einen unvergleichlich schönen malerischen Anblick. Ich nahm ein Blatt Papier aus meiner Brieftasche hervor und fing an das Schloss abzuzeichnen.

Allein ich musste die angefangene Zeichnung bald wieder weglegen. Der Untergang der Sonne, die Stille des einsamen Waldes und die herannahende Nacht erregten sehr wehmütige Empfindungen in mir! Ein Gefühl von Verlassenheit wandelte mich an. ›Ach‹, dachte ich, ›die Nacht bricht herein, und ich weiß noch nicht einmal, wo ich übernachten soll! Auf viele Meilen weit rings umher kenne ich keine Seele und komme nun zu lauter fremden Menschen. Mein liebevoller Pflegvater, von dem ich nun schon einige Tagreisen weit entfernt bin, ist bereits sehr alt und vielleicht sehe ich sein ehrwürdiges Angesicht in meinem Leben nicht mehr! Und meine guten Eltern habe ich kaum gekannt! Ich kann mir meinen Vater nur mehr als Leiche und meine Mutter in schwarzen Trauerkleidern und mit rot geweinten Augen denken.‹

Bei diesem Gedanken drangen auch mir die Tränen in die Augen. Ich zog den goldenen Ring heraus, den mir der gute Pfarrer gegeben hatte. ›Mein Gott‹, seufzte ich, ›dieser Ring rührt noch von meinen Eltern her, und er ist das einzige Erbteil, das ich armer Waise von ihnen habe! Die drei kleinen Buchstaben sind die Anfangsbuchstaben von dem teuren Namen meines Vaters oder meiner Mutter, und ich weiß nicht einmal, wie diese Namen heißen! Diesen Ring trug entweder mein Vater, dessen Hand längst im Grabe modert, oder meine Mutter, die vielleicht doch noch am Leben ist! Ja vielleicht lebte sie einst – vielleicht lebt sie noch in eben diesen Gegenden, die ich jetzt durchwandere.‹

Mein Herz wurde von diesen Gedanken mächtig ergriffen! Ein Gefühl voll der schmerzlichsten Wehmut und der seligsten Hoffnung bemächtigte sich meiner! Ich fiel auf die Knie nieder, ich rang die Hände, ich flehte mit Inbrunst zum Himmel: ›O lieber Gott! Du allein weißt es, ob meine Mutter noch lebe! Du allein kannst, wenn sie noch lebt, mich sie wieder finden lassen! Ach, vielleicht ließest du diesen Ring nicht ohne weise Absicht in meine Hände kommen. Die Buchstaben darauf könnten mich unter deiner Leitung leicht zur Entdeckung meiner Mutter führen. O die liebe gute Mutter! Sie beweint – wenn sie noch am Leben ist – mich als tot; sie glaubt, ich sei als ein zartes Knäblein in den Fluten des Rheines ertrunken; o welche Freude würde sie haben, mich jetzt als einen Jüngling in ihre Arme zu schließen! Welche Seligkeit wäre es für mich, ihr freundliches mütterliches Angesicht zu erblicken, ihr zu danken für das, was sie an mir getan, als ich ihre Liebe noch nicht zu schätzen wusste und ihr noch nicht dafür danken konnte. Wie unbeschreiblich glücklich würde ich mich schätzen, ihr meinen Dank jetzt zu bezeigen, und die Stütze ihres herannahenden Alters zu werden! O du guter Gott, du Vater der Witwen und Waisen – wenn – wenn sie je noch lebt – o so führe – führe du mich in ihre Arme! Höre mein kindliches Flehen, und lass mich sie wieder finden!‹

Als ich so gebetet hatte, und mit meinen Augen voll Tränen durch die Äste der Buche noch immer zum blauen Himmel aufblickte, hörte ich in dem nahen Gesträuch ein leises Knistern. Ich sah hin, erblickte das Lamm – und die goldenen Buchstaben auf dem purpur- roten Halsbande strahlten mir im Glanze der untergehenden Sonne hellschimmernd ins Auge. Eine wunderbare, unbeschreibliche Emp- findung – ein schauerliches Entzücken bemächtigte sich meiner. Es war mir, als umleuchtete mich ein Licht vom Himmel, als hätte ein Lichtstrahl von oben die Buchstaben erhellt; sie schienen mir wie verklärt. Ich glaubte die Nähe Gottes zu fühlen, und es dünkte mich, die Blätter aller Bäume rings umher zitterten aus Ehrfurcht vor Ihm. Mir war es, als spreche etwas in meinem Innersten: »Dein Gebet ist erhört!« Und so war es auch. Mein Gefühl hatte mich nicht getäuscht. Gleich einem Engel des Himmels kam in ihrem weißen Kleide und im Schimmer der Abendsonne meine Schwester auf mich zu und nannte mir das erstemal den teuren Namen meiner Mutter. So, beste Mutter, hat Gott mich in Ihre Arme, und in deine Arme, liebste Schwester, wunderbar zurück geführt!«

»Ja, so ist es, meine liebsten Kinder«, sagte die Mutter, indem sie ihre beiden Kinder in die Arme schloss. »Er hat uns alle drei wieder zusammen gebracht. Er hat dich, liebster Karl, als einen zarten Knaben mir genommen und dich einem edlen Manne anvertraut, der dir aus der reinsten Menschenliebe eine Erziehung gab, die ich als Frau und als eine verlassene Witwe dir unmöglich so gut geben konnte, und die dir keine Fürstin für Gold hätte besser verschaffen können. Er hat dich als einen blühenden Jüngling mir wieder zurück gegeben – und mir die Tränen des Schmerzens, die ich über deinen Verlust weinte, in Freudentränen verwandelt. Er hat alles wohl gemacht und alle seine Wege sind die lautere Weisheit und Liebe. O liebsten Kinder! Lasst uns Ihm danken und seine heilige Vorsehung in Demut und mit tiefer Ehrfurcht anbeten!« Alle drei schwiegen mit tief gerührtem Herzen lange still, und nur ihr Herz sprach mit Gott. Auch Rosalie und Christine saßen mit gefalteten Händen, mit tränenvollen Augen, und mit einem Herzen voll Rührung und Andacht stillschweigend da und atmeten kaum.

»Welche Freude«, sagte Karl nach einiger Zeit, »wird der edle Greis, mein zweiter Vater, empfinden, wenn er diese wunderbare Fügung vernimmt! Diese Nacht noch muss ich ihm diese Freudennachricht schreiben.« Es war bereits Mitternacht, bis Karl auf sein Zimmer kam. Allein es wäre ihm unmöglich gewesen, zu Bette zu gehen. Er setzte sich an den Schreibtisch, der in dem Zimmer stand, und schrieb an seinen teuren Pflegvater, den ehrwürdigen Pfarrer, so ausführlich, so begeistert, dass er noch bei der brennenden Wachskerze saß und schrieb, als die goldene Morgenröte bereits zum Fenster herein strahlte und das Kerzenlicht überflüssig machte.

8. Karls Pflegevater

Karl lebte auf seinem väterlichen Schlosse so vergnügt, als wäre er in den Himmel versetzt. Je mehr er seine Mutter kennen lernte, desto mehr musste er die vortreffliche Frau verehren. Eben so musste er seine Schwester, die unermüdet fleißig, und dabei immer fröhlich und freundlich war, mit jedem Tage mehr schätzen. Seine Ankunft in Waldheim hatte indessen noch eine andere glückliche Folge für ihn. Das Schloss, das vorhin das Eigentum seiner Väter gewesen, war gegenwärtig nur mehr der Witwensitz seiner Mutter; allein jetzt konnte er dieses Schloss wieder als sein väterliches Erbteil zurück fordern, und die Bewohner unten in dem Dorfe und einigen benachbarten Weilern als seine künftigen Untertanen ansehen. Seine Mutter führte ihn daher voll Freude überall im Schlosse herum, zeigte ihm die Umgebungen des Schlosses nebst den Gütern, die dazu gehörten, und redete mit ihm sehr vieles über seine künftige schöne Bestimmung, zum Glücke der Bewohner dieses kleinen Tales so vieles beitragen zu können.

Unter solchen Gesprächen saßen Frau von Waldheim, Karl und Emilie einmal am Nachmittage auf der eichenen Bank, die, nebst einem ähnlichen ländlichen Tische, auf einem schönen, mit Kies beschütteten Platze vor dem äußern Tore des Schlosshofes stand, und von zwei dichten Kastanienbäumen beschattet war. Da sahen sie einen ehrwürdigen Greis mit schneeweißen Haaren und schwarzer Kleidung auf sich zukommen, der einen ziemlich langen Reisestab in der Hand führte und einen dreifach aufgeschlagenen Hut unter dem Arme hielt. »Gott im Himmel! Mein Pflegevater!« rief Karl, indem er aufsprang und mit weit offenen Armen auf ihn zu eilte. »Ist's möglich, Sie sind es, liebster, bester Herr Pfarrer! Wie kommen Sie hierher?«

»Lieber Karl! Teurer Pflegesohn!« sprach der Pfarrer. »Sobald ich deinen Brief erhalten hatte, war ich sogleich entschlossen, ungeachtet meines hohen Alters die weite Reise hierher noch zu machen. Ich hielt aus wichtigen Gründen meine Gegenwart dahier für nützlich, ja für notwendig. Auch war es mein lebhaftester Wunsch, die Mutter und Schwester meines lieben Pflegesohnes kennen zu lernen, und die Freude, die Gott allen dreien beschert hat, nicht nur in weiter Ferne, sondern an Ort und Stelle zu teilen.« Karl fiel ihm um den Hals, und die Mutter und Emilie konnten nicht Worte genug finden, dem edlen Manne ihre Dankbarkeit auszudrücken.

Der ehrwürdige Greis, den das Ersteigen des Berges ermüdet hatte, setzte sich nun zu ihnen auf die Bank. Frau von Waldheim bot ihm Erfrischungen an. Allein dem edlen Greise war es jetzt gar nicht um Speis und Trank. Er fing sogleich an mit eben so viel Einsicht als Rührung von den wunderbaren Wegen der göttlichen Vorsehung zu reden; er sagte hierauf, was nun zu tun sei, damit der Landesfürst Karln als einen jungen Herrn von Waldheim anerkenne; auch sprach er noch sehr ausführlich davon, was Karl noch alles zu lernen habe, um ein weiser und guter Vater seiner künftigen Untertanen zu werden.

Indessen kamen Rosalie und ihre Tochter, wie gewöhnlich, auf Besuch. Frau von Waldheim stellte beide dem ehrwürdigen Pfarrer vor. »Sehen Sie, mein lieber Herr Pfarrer«, sagte sie, »dieses da ist das gute Kind, das uns mit dem Lamme ein so segenreiches Geschenk gemacht hat, und hier ist ihre Mutter, die das Halsband mit den drei entscheidenden Buchstaben geziert hat.« Der edle Pfarrer freute sich sehr, die gute Rosalie und ihre Tochter kennen zu lernen, und grüßte beide auf das freundlichste.

Frau von Waldheim trug nun Rosalien auf, den Tee, nebst Brot und Butter, Wein und Obst unter die Kastanienbäume herab zu bringen. Emilie und Christine aber schlichen sich fort, zierten das Lämmchen, das immer rein und weiß war wie Schnee, mit Kränzen von frischem grünen Laub und jungen, halbgeöffneten Rosen, legten ihm das goldgestickte Halsband an, und führten es dem Herrn Pfarrer vor. Der freundliche Greis betrachtete es mit Wohlgefallen, streichelte es und sagte zu Frau von Waldheim und zu Emilien: »Sie haben mich mit den zwei werten Personen, durch die Ihnen Gott ein so großes Glück bereitete, bekannt gemacht, und sogar das Lamm nicht vergessen, das, ohne es zu wissen, zu diesem Glücke so vieles beigetragen hat. Nun muss ich Sie aber auch noch den Mann kennen lehren, der nach Gott die vorzüglichste Ursache dieser erfreulichen Ereignisse war, und der das Größte tat, was Menschen tun konnten, Ihrer aller Glück zu gründen. Ich meine jenen edelmütigen Soldaten, der sich mit Gefahr seines eigenen Lebens mutig in den Rhein stürzte, und unsern lieben Karl hier, als ein zartes unmündiges Knäblein, aus den reißenden Fluten glücklich herausholte.

Der gute Mann hatte, seit dem er jene edle Tat vollbrachte, sehr vieles auszustehen. Erlauben Sie, dass ich Ihnen das Wesentliche davon kurz erzähle. Er machte mehrere Feldzüge mit, hatte unsägliche Mühseligkeiten zu erdulden und wurde endlich schwer verwundet. Er und eine Menge anderer Verwundeter wurden auf Wagen geladen und weiter geführt. Nun traf sichs, dass der lange Zug von Wagen an dem Hause eines Wollfärbers vorbeikam, der außen vor dem Tore eines kleinen Städtchens nahe am Wasser wohnte. In diesem Hause war der brave Krieger ehemals einige Wochen im Quartier gelegen, und hatte dem Färber, dessen Wohnung dem Übermute der Soldaten am meisten ausgesetzt war, ganz ungemeine Dienste geleistet, und ihm Vermögen und Leben gerettet. Der Färber schaute eben jetzt aus dem Fenster, die Wagen vorüber ziehen zu sehen – und erblickte unter den Verwundeten seinen ehemaligen Beschützer, der sich auf dem Wagen mühsam aufrichtete und sehnlich zu den Fenstern her-aufsah. Augenblicklich eilte der Färber hinab, grüßte ihn, und bat den Offizier, der den Zug begleitete, den armen todschwachen Mann ihm zu überlassen. Der Feldarzt ward gerufen und dieser erklärte, der Mann werde ohnehin, wie schon hundert andere, das Militärspital nicht mehr erreichen und zuverlässig unterwegs sterben. Man solle ihn also ohne weiters in das Haus des barmherzigen Mannes bringen, so würde der arme Leidende wenigstens für seine letzten Augenblicke noch einige Erleichterungen finden.

Der Färber nahm nun seinen ehemaligen Hausfreund und Wohltäter voll des herzlichsten Mitleids in sein Haus auf. Die sorgfältigste Pflege und der Fleiß des geschickten Wundarztes im Orte retteten ihm wider alle Erwartung das Leben; nur blieb er noch lange Zeit so schwach, dass er nicht weiter reisen, auch keine etwas schwere Arbeit verrichten konnte. Der Färber, der ein reicher Mann war und ein sehr weitläuftiges Gewerbe hatte, behielt ihn aber sehr gerne bei sich, und der dankbare Krieger, der eine sehr schöne Handschrift hat, besorgte ihm seinen Briefwechsel und führte ihm sein Handlungsbuch mit dem größten Fleiße und mit der pünktlichsten Genauigkeit. Beide gewannen einander immer lieber, und lebten zusammen in wahrhaft brüderlicher Eintracht.

Allein nun änderte sich auf einmal die Sache. Der brave Soldat war kaum vollends hergestellt und wieder zu Kräften gekommen, so starb der ehrliche Färber sehr unvermutet hinweg. Der Tod hatte ihn zu schnell übereilt, sonst würde er seinen Freund sicher in seinem Testamente bedacht haben. Sein Vermögen fiel den Verwandten zu; die Färberei wurde verkauft; die hartherzigen Erben ließen den guten Mann mit leeren Händen abziehen. Er musste sein Unterkommen weiter suchen. Er wollte jedoch zuvor zu seinem Regimente reisen, und, weil sein linker Arm etwas gelähmt blieb, um seinen Abschied bitten. Der Weg führte ihn nahe bei meinem Pfarrdorfe vorbei. Da regte sich natürlich in seinem Herzen der Wunsch zu erfahren, was aus dem Kinde geworden sei, das er einst aus dem Wasser gezogen hatte. Er besuchte mich – eben ein paar Tage, nachdem Karl abgereist war. Ich hatte eine große Freude, den edelmütigen Krieger wieder zu sehen behielt ihn bei mir, und sann nach, ob ich ihm nicht irgendwo ein angemessenes Plätzchen verschaffen könnte.

Da kam Karls Brief – mit der unerwarteten Freudennachricht. Ich hielt es für sehr zweckmäßig, den braven Mann mit hierher zu nehmen. Denn fürs Erste, dachte ich, wird sein Zeugnis, dass er in jenem Jahre und an jenem Tage ein Knäblein von etwa vier Jahren aus dem Rheine zog, und es nebst einem Päcklein mit dessen Kleidern, in dem sich jener Ring fand, mir übergeben habe, sehr dienlich sein, zu erweisen, Karl sei wirklich der Sohn der gnädigen Frau von Waldheim, von dem man glaubte, er sei ertrunken. Fürs Zweite hoffte ich, Karl werde gegen den Retter seines Lebens gewiss nicht unerkenntlich sein – zumal der brave Mann treu wie Gold, im Schreiben und Rechnen sehr gewandt, besonders aber ein treflicher Forstmann ist, und dem künftigen Herrn von Waldheim in Verwaltung seiner Güter sehr nützliche Dienste leisten kann.«

»O, wo ist er denn? Wo ist er?« riefen Frau von Waldheim, Karl und Emilie fast mit einer Stimme.

Der Pfarrer wandte sich um, winkte einem ordentlich gekleideten Manne, der bescheiden in einiger Entfernung stand, nahm ihn bei der Hand, stellte ihn der gnädigen Frau vor, und sprach: »Hier ist er – mein guter, ehrlicher, vortrefflicher Johann West!«

»Johann West!« rief die arme Rosalie ganz außer sich. »O Gott, er ist mein Mann!« Sie flog in seine Arme; sie begrüßte ihn zitternd und bebend vor Freudenschrecken.

Alle erstaunten über diese neue Fügung der göttlichen Vorsehung. Der Mann aber stand wie versteinert da. Es währte lange, bis er sich in dieses unverhoffte Glück finden konnte und endlich in Freudentränen ausbrach. Die hocherfreute Rosalie rief nun ihrer Tochter zu: »O Christine, er ist dein Vater! O grüße ihn doch auch!« Christine, die bisher mit gefalteten Händen unbeweglich da gestanden, näherte sich ihm nun schüchtern, und er schloss sie unter heißen Tränen in seine Vaterarme. Alle drei hatten eine Freude – wie vor einigen Tagen Frau von Waldheim, Karl und Emilie sie gehabt hatten.

Nachdem sie sich von der ersten, ungestümen Freude erholt hatten, trat Karl herbei und umarmte den Retter seines Lebens mit unaussprechlicher Rührung. Die Frau von Waldheim und Emilie aber boten ihm freundlich die Hand, und überhäuften ihn mit Danksagungen und Lobeserhebungen. »Lieber West«, sagte Frau von Waldheim, »Ihr, Eure Frau und Eure Tochter sollen von diesem Augenblicke an in dieses Schloss aufgenommen sein, und nie mehr von mir getrennt werden; und wenn ich, wie ich hoffe, meine Güter wieder zurück bekomme, so sollet Ihr eine solche Anstellung erhalten, mit der Ihr gewiss zufrieden sein werdet.«

9. Allgemeine Freude im Dorfe

Die Frau von Waldheim hatte es nicht sogleich bekannt werden lassen, dass der fremde Jüngling, der sich auf ihrem Schlosse befand, ihr Sohn sei; sie wollte sich ihres Glückes einige Tage im Stillen ungestört freuen. Allein der Kutscher, der den Pfarrer und dessen Reisegefährten hergeführt, und seine Pferde unten im Wirtshause des Dorfes eingestellt hatte, plauderte alles aus. Als er abends die Kutsche wusch und die Pferde tränkte, kamen mehrere Leute aus dem Dorfe, die eben Feierabend gemacht hatten, herbei und fragten, wem die Kutsche gehöre? Denn eine fremde Kutsche war etwas Seltenes im Dorfe. Der Kutscher sagte: »Ich habe den Herrn Pfarrer hierher gefahren, der euren jungen gnädigen Herrn erzogen hat.« – »Ei was«, riefen die Leute, »der junge Herr ist ja als ein Kind ertrunken!« – »Nein«, sprach der Kutscher, »er lebt, er ist droben auf dem Schlosse. Er wurde von dem Manne, der bei dem Herrn Pfarrer in der Kutsche saß, aus dem Wasser gezogen; sonst wäre er freilich ertrunken. Ich bin des Herrn Pfarrers sein Knecht, und habe euren jungen Herrn, als er noch klein war, viel hundert Mal auf dem alten Braunen, den ihr da stehen sehet, mit auf den Acker oder auf die Wiese reiten lassen. Der Karl ist aber auch ein recht braver, lieber junger Herr, und er hat auf mich, seinen alten Hanns, immer recht viel gehalten! Ihr werdet Freude an ihm haben und er wird euch zum Segen sein.«

Die Nachricht, der Baron Karl, der droben auf dem Schlosse geboren und in der Pfarrkirche zu Waldheim getauft war, den aber seine Eltern einige Monate nach seiner Geburt mit sich fort genommen, und den man schon so lange für tot gehalten, sei wieder gefunden, verbreitete sich sogleich durch das ganze Dorf. Alles im Dorfe, Jung und Alt, lief voll Freuden dem Schlosse zu. Da die Leute aber die Herrschaft auf der Bank unter den Kastanienbäumen erblickten, blieben sie in einiger Entfernung stehen. Es sammelte sich ein dichtgedrängter Kreis von Vätern, Mütter und Kinder – ohne dass die Herrschaft und die übrige Gesellschaft in ihrer großen Freude es sogleich in Acht nahmen.

Die Frau von Waldheim bemerkte es zuerst, und fragte: »Was wollen denn die vielen Leute?« Die Köchin, die eben zum zweiten Male heißes Wasser zum Tee brachte, weil das erstere kalt geworden war, sagte: »Die Leute möchten gern den jungen gnädigen Herrn sehen; sie haben es den Augenblick erst erfahren, dass er da sei.«

Der würdige Pfarrer sprach: »Das ist schön! Das gefällt mir von den Leuten! Erlauben Sie, gnädige Frau, dass ich den wackern Leuten meinen Pflegesohn als ihren künftigen Gutsherrn vorstelle, und ihnen einige Worte an das Herz lege.« Der edle Greis nahm gerührt sein schwarzes Sammetkäppchen von seinem ehrwürdigen schneeweißen Haupte, stand auf, trat etwas vorwärts, blickte mit Tränen im Auge zum Himmel und fing dann ganz begeistert an zu reden:

»Ihr Eltern und Kinder, Ihr Väter und Mütter, Söhne und Töchter, tretet näher, und sehet und höret, was Gott Eurer gnädigen Herrschaft und auch euch für eine große Freude bereitet hat!

Gott, ohne dessen Wissen kein Sperling vom Dache fällt und der die Haare unsers Hauptes gezählt hat, ist wunderbar in seinen Wegen und weiß alles weislich zu fügen. Er, der Gott der Witwen und Waisen, der Vater aller Leidenden und Bedrängten, lebt noch, und nimmt sich ihrer stets, und oft so wunderbar an, dass wir es deutlich mit Augen sehen und gleichsam mit Händen greifen können. Nicht das geringste Gute lässt Er, der reiche Vergelter, unbelohnt, und belohnt es oft schon hier auf Erden auf eine herrliche, göttlichschöne Weise.«

Der würdige Pfarrer erzählte nun die vorzüglichsten Begebenheiten der Geschichte, die seinen Zuhörern noch unbekannt waren, und fuhr dann weiter fort.

»Seht, so herrlich belohnte Gott Eure edle gnädige Frau für ihre menschenfreundliche Güte, mit der sie sich der armen, kranken Rosalie, die sich für eine Witwe hielt und ihren Mann als tot beweinte, angenommen – so schön vergalt Er ihr, dieser wahrhaft gnädigen Frau, die Barmherzigkeit, die sie Rosaliens Tochter, der armen Christine, erwiesen hat! Gott gewährte ihr die größte Freude, die ihr in ihrem eigenen Witwenstande werden konnte, und ließ sie ihren eigenen geliebten Sohn wieder finden!

Reichlich segnete Gott Fräulein Emilien hier für ihr Mitleid gegen ein armes Mädchen und für ihre freundliche Güte, die nichts von Stolz weiß. Sie begegnete der armen Christine so freundlich und liebreich, als wäre Christine ihre eigene Schwester – und Gott machte dem guten Fräulein dafür die unerwartete Freude, ihren eigenen lieben Bruder wieder zu finden.

Herrlich belohnte Gott die arme Rosalie, dass sie die Leiden ihrer Krankheit und ihrer Armut so geduldig ertrug, ihre Tochter so gut erzog, sie zur Redlichkeit, zur Dankbarkeit, zum Fleiße, zur Reinlichkeit und jeder anderen Tugend anhielt. Diese gute Erziehung brachte der guten Mutter jetzt schon die erfreulichsten Früchte und verwandelte ihre Leiden in Freuden!

Schön vergalt Gott der guten Christine ihr Mitleid gegen ein verlornes Lamm, ihren Gehorsam gegen ihre Mutter, die Redlichkeit, mit der sie das Lamm dem Eigentümer zurück gab, die Dankbarkeit, mit der sie es dem Fräulein hier zum Geschenke machte. Diese liebenswürdigen Eigenschaften gewannen ihr die Zuneigung Eurer gnädigen Frau und Fräulein Emiliens, waren die Veranlassung, dass sie ihren Vater wieder fand und werden sie auch fernerhin glücklicher machen, als der reichste Brautschatz sie machen könnte.

Wie wunderbar führte Gott Euren jungen gnädigen Herrn in die Arme der geliebten Mutter, die ihn längst für tot hielt, zurück, um ihn für seinen Fleiß, seinen Gehorsam, sein gutes Betragen von der zartesten Kindheit an, zu segnen, sein kindliches Gefühl gegen seine Mutter, die er nicht kannte, zu belohnen, und sein herzliches, inniges Gebet dort in dem Walde gnädig zu erhören!

Wie augenscheinlich belohnte Er die edle Handlung des wackern Kriegers hier! Ach, der gute Mann sprang voll herzlichen Erbarmens in das Wasser, um mit Gefahr seines eigenen Lebens dem Kinde einer trauernden Witwe das Leben zu retten. Dafür erbarmte sich Gott auch über desselben Weib und Kind, rettete sie aus Not und Mangel, erweckte edle Herzen, die sich ihrer gütig annahmen, und ließ ihn Mutter und Kind, von denen er ungeachtet aller seiner Nachforschungen nichts mehr erfragen konnte, wieder finden! Vater, Mutter und Kind sehen nun nach vielen überstandenen Leiden ruhigern und glücklichern Tagen entgegen.

Und dieses alles führte Gott durch dieses Lamm hier aus, das als ein liebliches Bild der Unschuld, weiß wie Lilien und mit jungen Rosen geschmückt, in Eurer Mitte steht. Er, der liebe Gott, ließ es verloren gehen; Er leitete Christines Tritte, dass sie es fand; Er bewegte das Herz des ehrlichen Landmanns, es ihr zu überlassen; Er gab Christine und ihrer Mutter in den Sinn, es Emilien zu schenken; Er führte das Lamm gleichsam an der Hand dem reisenden Jünglinge zu, um ihn in die Arme der geliebten Mutter zu führen. Er setzt ihn durch ein

Lamm wieder in seine Güter ein, und bereitet dadurch auch euch ein großes Glück. Denn ich kann euch versichern, Karl ist ein edler, hoffnungsvoller Jüngling. Er fürchtet Gott und liebt die Menschen. Er wird euch und Euren Kindern ein guter milder Herr sein.

Und sollte nun Gott, der den Lebenslauf eines Lammes so sicher leitet, den Eurigen außer Acht lassen können? O mit mehr Liebe und Mitleid, als Christine das Lamm hier aufnahm, trägt Er euch alle am Herzen.

Meine geliebten Freunde! Wie könnte ein Diener des Evangeliums ein Lamm sehen, ohne dass ihm Derjenige zu Sinne käme, der gleich einem schuldlosen Lamme zum Besten seiner lieben Menschen verblutete und der sich selbst öfter einem guten Hirten verglich! Ja, Er, dessen Diener ich bin, dessen Evangelium ich predige, ist der ewig treue, liebevolle Hirt unser aller. Er kennet alle seine Schafe, Er nennet sie mit Namen, Er ruft sie mit sanfter Stimme, Er lenkt sie mit seinem milden Hirtenstabe, Er beschützt sie vor Gefahren, Er weidet sie. Er sucht die verlornen auf; Er möchte jedes gleichsam auf seinen Schultern in den Himmel tragen! Vertrauet Ihm daher vom ganzen Herzen!

Lasst uns aber auch seine Stimme hören und Ihm folgen, und Gutes tun, so viel wir können. Denn seht, Gott bedient sich unsrer guten Handlungen, uns und anderen große Freude, Segen und Heil zu bereiten. Hätte zum Beispiele Eure gnädige Frau gegen die arme, kranke Rosalie sich nicht so wohltätig erzeigt; wäre Emilie gegen die arme Christine nicht so freundlich gewesen, ja hätte sie ihr auch nur das kleine Halstuch nicht geschenkt; hätte Christine etwa aus Eigennutz Emilien das Lamm nicht schenken mögen; oder hätte Christines Mutter nicht aus herzlicher Dankbarkeit das schöne Halsbändchen gestickt; hätte Karl nicht eine so kindliche Liebe zu seiner Mutter gehabt, sich nicht so nach ihr gesehnt, dort im Walde nicht so innig gebetet: so wäre alles nicht so gegangen, und der heutige Tag wäre nicht für uns alle ein so großer Freudentag geworden. So bringt alles, auch das kleinste Gute, das wir tun, reichen Segen über uns und andere. Edle Handlungen sind Perlen, die Gottes heilige Vorsicht nicht verloren gehen lässt, sondern sie gleichsam an eine Schnur reihet; gute Taten sind goldene Ringe, aus denen Gott eine goldene Kette herrlicher und erfreulicher Begebenheiten zusammen fügt.

Ihr aber, meine lieben Kinder«, beschloss der Pfarrer seine Anrede, indem er sich zu den Kindern wandte, »ihr Größern, die ihr mir so aufmerksam zugehört habt, und ihr Kleinern, die ihr nur nach dem niedlichen weißen Lämmchen hinblickt, das so schön mit Rosen geschmückt in eurer Mitte steht – euch alle wolle Gott segnen – und geben, dass ihr alle so unschuldig bleibet, wie ein Lamm, und so sanft und geduldig, wie ein Lamm, wenn ihr, wie manches arme Lämmchen, unter rauhe Hände fallen solltet. Er, der das Leben für seine Schäflein gab, wolle euch in seinen Armen und an seinem Herzen tragen; Er wolle euch in seinen mächtigen Schutz nehmen, wenn das Verderben eurer Unschuld droht, wie ein grimmiger Wolf einem sanften, schuldlosen Lamm. Ihr holden Kleinen seid ja auch die Schäflein seiner Herde! Er wolle euch ewig nicht seinen Händen entreißen lassen.«

So redete der Pfarrer; sein Angesicht war von den Strahlen der untergehenden Sonne beleuchtet, und sein ehrwürdiges weißes Haar glänzte in dem hellen Abendschimmer. Er stand da mit seinen zum Himmel gerichteten Blicken voll Tränen wie verklärt – und alle, die ihn hörten, hatten Tränen in den Augen und neues Vertrauen auf den Gott, der alles wohl macht, kam in ihr Herz, und erquickte es sanft, wie der Tau, der bereits die Blumen im Tale erfrischte. Die guten Landleute gingen alle gerührt und voll guter Vorsätze nach Hause. »Das ist schön gewesen«, sagten sie auf dem Heimwege zueinander, »und eine solche allgemeine Freude ist wohl, seit das Dorf steht, noch nicht erlebt worden.«

10. Ein Kinderfest

Die Frau von Waldheim reisete nun mit Karl in die Residenz, stellte diesen ihren wieder gefundenen Sohn dem Fürsten vor, und bat um die Wiedereinsetzung in ihre Güter. Der ehrwürdige Pfarrer, und der wackere West waren auch mitgekommen, um durch ihr vereintes Zeugnis zu beweisen, Karl sei wirklich ein junger Herr von Waldheim. Der Fürst hörte sie sehr gnädig an, fand die vorgebrachten Beweise vollkommen hinreichend und befahl, die Güter unverzüglich ausfolgen zu lassen; verordnete jedoch, dass die Frau von Waldheim, so lange bis Karl das gesetzliche Alter erreicht haben würde, die Verwaltung der Güter übernehmen solle.

Voll Freude kam Frau von Waldheim mit ihrer Reisegesellschaft zurück auf ihr Schloss. Der würdige Pfarrer reiste nach ein paar Tagen unter den dankbaren Tränen der Frau von Waldheim, Karls und Emiliens ab, um sich wieder zu seiner geliebten Pfarrgemeinde zu begeben. Karl bezog, reichlich ausgestattet und unter glänzendern Umständen als vorhin, die hohe Schule. Den trefflichen West aber ernannte die gnädige, nunmehr wieder gebietende Frau, nachdem er seiner Kriegsdienste entlassen war, zu ihrem Rentmeister, und übergab ihm, als einem sehr geschickten Forstmanne, zugleich die Oberaufsicht über die Waldungen, die zu dem Gute gehörten und sehr ansehnlich waren.

Nachdem Karl seine Studien rühmlichst vollendet, dann zu seiner weiteren Belehrung und Bildung eine große Reise gemacht, und nunmehr seine Herrschaft übernommen hatte, saß er eines Abends mit seiner Mutter und mit Emilien, die nun eine erwachsene schönblühende Jungfrau war, auf der eichenen Bank nächst dem Schlosstore. Es wurden eben die Schafe eingetrieben, deren Frau von Waldheim sehr viele angeschafft hatte. Auch jenes Lamm hatte sich zu einer kleinen Herde vermehrt, die aber von Emilie als ihr besonderes Eigentum betrachtet wurde. Karl und Emilie unterhielten sich damit, die Schafe und Lämmer zu zählen. »Nun Kinder«, fing die Frau von Waldheim an, als die Herde vorbei getrieben war, »können wir den Gedanken ausführen, mit dem ich euch schon längst bekannt gemacht habe. Die Herde ist jetzt zahlreich genug. Morgen ist es abermals ein Jahr, dass Gott mir und euch, meine lieben Kinder, durch jenes Lamm eine so unbeschreibliche Freude gemacht hat, an der alle Eltern und Kinder unsrer kleinen Gutsherrschaft den herzlichsten Anteil genommen haben. Der morgige Tag soll daher ein allgemeines Kinderfest werden für das ganze Dorf und alle dazu gehörige Orte. Ja, auch die Eltern sollen nicht leer ausgehen.« Frau von Waldheim ging nun mit Karl und Emilien in den Schlosshof, suchte eine Anzahl der schönsten Schafe heraus und befahl dem Schäfer, sie besonders einzuschließen. Am folgenden Morgen gebot sie den Mägden im Schlosse, die Schafe reinlich zu waschen, und die Mägde wetteiferten, es nur recht schön zu machen. Die Schafe wurden fast so weiß wie Schnee, und Emilie und Christine schmückten sie überdies noch mit rosenfarbenen Bändern.

Frau von Waldheim ließ nun alle Kinder des Dorfes und des umliegenden Tales, die in die Schule zu Waldheim gingen, einladen, nachmittags um zwei Uhr auf das Schloss zu kommen. Die Kinder,

Knaben und Mägdlein, kamen mit tausend Freuden, und waren wohl schon eine Stunde früher in ihrem schönsten Aufputze vor dem Schlosstore versammelt. Zur bestimmten Zeit wurden sie in den Schlosshof gerufen. Und sieh – da stand zu ihrem Erstaunen eine lange Tafel, fast so lang, als der Schlosshof, und auf der Tafel erblickten sie, zu ihrer nicht geringen Freude, große schöne Kuchen, blinkende Schüsseln, aufgehäuft voll mit allerlei Backwerk, und zierliche Körbchen, aus denen ihnen Äpfel, Birnen und Pflaumen, rot, gelb und blau entgegen lachten. Auch standen einige große gläserne Flaschen mit dunkelrotem Met dazwischen. Die Kinder mussten nun auf den langen Bänken zu beiden Seiten des Tisches, und zwar auf einer Seite die Knaben und auf der andern die Mädchen, Platz nehmen, und es wurde ihnen von allem reichlich vorgelegt. Da sah man nun lauter fröhliche Gesichter. Die Kinder ließen es sich recht wohl schmecken, und vergaßen auch nicht von dem süßen Met auf die Gesundheit der gnädigen Frau, Karls und Emiliens zu trinken.

Nachdem alle satt waren, ertönten auf einmal fröhliche Schallmeien. Die Söhne des Schäfers zogen mit dieser ihrer ländlichen Musik in den Schlosshof; die reinliche, schön geschmückte Schafherde folgte ihnen, und der alte Schäfer machte den Beschluss. Die Kinder hatten an den schönen Schafen große Freude, und bald rief dieses, bald jenes: »O wie schön! So schöne blütenweiße Schafe, die mit so schönen roten Bändern geziert sind, haben wir noch nie gesehen.« Aber wie groß war erst die Freude der Kinder, als sie hörten, die Schafe sollten unter sie verteilt werden, und die Kinder jedes Hauses sollten zusammen ein Schaf bekommen. Die Frau von Waldheim wollte die Schafe durch das Los verteilen lassen, um die Verteilung unterhaltender zu machen und jeden Schein von Parteilichkeit zu vermeiden. Jedes Schaf hatte ein Blatt mit einer Nummer anhängen. In einem großen irdenen Topfe befanden sich auf zusammen gerollten Blättchen eben die Nummern, wie an den Schafen. Nun musste ein Kind nach dem andern eine Nummer ziehen, und sobald es gezogen hatte, erschallten die Schallmeien und spielten so lange fort, bis das Schaf mit eben derselben Nummer aus der Herde herausgefunden war. Die Begierde der Kinder bei dem Ziehen, die Erwartung, welches Schaf dem ziehenden Kinde zu Teil werden würde, die Freude des Kindes, wenn ihm das Schaf wirklich übergeben wurde, lassen sich gar nicht beschreiben. Der ganze Schlosshof war voll Jubel.

Nachdem die Schafe alle verteilt waren, zogen die Kinder damit hinab in das Dorf. Die Schäfersöhne mit ihren helltönenden Schallmeien gingen voran, die Schafe von den Kindern begleitet folgten, und der alte Schäfer beschloss den Zug. Gleichsam im Triumphe zogen sie in dem Dorfe ein. Als die Leute die Schallmeien und das Jubeln der Kinder hörten, und die schöngeschmückten Schafe erblickten, wunderten sie sich sehr, was doch dieses alles zu bedeuten habe. Allein da sie vernahmen, dass die gnädige Herrschaft die Kinder so gütig beschenkt habe – da hätte ihre Freude kaum größer sein können. Viele Eltern vergossen über die mildtätigen Gesinnungen ihrer gnädigen Herrschaft Freudentränen.

In jene Häuser, wo sich kein Schulkind befand, schickte Frau von Waldheim dennoch ein Schaf hin; den wackern Bauersleuten aber, die einst die arme Rosalie so liebreich in ihr Nebenhäuschen aufgenommen hatten, schenkte sie zehn Schafe. Auch den ehrlichen Bauern und die gute Bäuerin auf dem Eichhofe, die einst der kleinen Christine jenes Lamm geschenkt und sie so freundlich zum Nachtessen eingeladen hatten, vergaß sie nicht. Da diese Leute sehr reich waren, und noch immer Schafe genug hatten, so ließ sie auf den folgenden Sonntag beide zum Mittagsessen einladen, und der Bauer versicherte öfter, diese Ehre schätze er viel höher, als wenn die gnädige Frau ihm hundert Schafe geschenkt hätte.

Am andern Morgen kamen alle Hausväter aus dem Dorfe in ihren Sonntagskleidern auf das Schloss, der gnädigen Herrschaft für die erzeigte Wohltat zu danken. Nun nahm Karl das Wort und sagte: »Liebe Männer! Ihr wisst, als ein armer Jüngling, der beinahe nichts hatte, als seinen Stab, wanderte ich einst durch diese Gegend. Durch ein Lamm half mir Gott wieder zu meinem väterlichen Erbteile, und machte mich so glücklich, der Gutsherr von euch lieben Leuten zu werden. Meine Mutter, meine Schwester, und ich wünschten, dass die Wohltat, die Gott uns durch ein Lamm erwies, auch noch für unsre und Eure Nachkommen unvergesslich bleiben, und ihnen noch zum Segen werden möchte. Hört deshalb, was wir beschlossen haben!

Das Recht in unserm Dorfe hier Schafe zu halten, gehörte bisher ausschließungsweise der Herrschaft zu. Dieses Recht sollt ihr von dem heutigen Tage an nun alle genießen. Deswegen gab meine Mutter Euren Kindern zu einem kleinen Anfange die Schafe. Gott wolle sie euch segnen!

Ich hoffe, euer Ackerbau soll durch die Schafzucht sehr verbessert werden, nach dem alten Sprichworte: Die Fußtritte der Schafe verwandeln sich in Gold. Aber auch den Ärmeren, die keinen Acker haben, wird wenigstens Wolle und Milch sehr gut kommen.

Ich werde die Anstalt treffen, dass die Wolle, die wir gewinnen, sogleich in unserm Dorfe verarbeitet werde, und ich hoffe, es soll noch der Tag kommen, dass die Kleider aller Bewohner meiner Herrschaft von selbst gewonnener Wolle verfertigt sein werden. Gott gebe seinen Segen dazu!«

Karls Wunsch ging auch vollkommen in Erfüllung. Die arme Rosalie, nunmehr Frau Rentmeisterin, und ihre Tochter Christine gaben Unterricht im Wollspinnen und Stricken. Ein Tuchmacher, ein Hutmacher und ein Strumpfwirker zogen auf Karls Veranstaltung in das Dorf. Es wurden sehr schöne Tücher von allen Farben und auch sehr gute Hüte und Strümpfe verfertigt. Karl bemerkte oft mit Rührung, wie Groß und Klein im Dorfe vom Haupte bis zu den Füssen mit selbst gewonnener und verfertigter Kleidung versehen waren, und wie alle Getreidefelder des ganzen Tales in einen blühenderen Zustand kamen und reichlichere Früchte trugen.

Emilie verlegte sich noch besonders auf die Stickerei mit gefärbter Wolle. Sie hatte von ihrer kleinen Herde einen Vorrat an Wolle gesammelt, die von sehr feiner Art war. Der Rentmeister West legte ganz unerwartet ein neues Talent an den Tag. Er hatte von seinem Färber gelernt, der Wolle alle Farben, und jeder Farbe alle mögliche Abstufungen zu geben, von dem hellsten Lichte bis zum dunkelsten Schatten. Emilie war daher in den Stand gesetzt, ganz vorzüglich schöne Stickereien zu verfertigen. Karl machte dazu die Zeichnungen und Christine leistete ihr dabei treffliche Hilfe. Sie stickten bunte Blumenkränze und niedliche Körbchen voll Blumen von allen Farben, große Rosensträuche, die mit halb und ganz aufgeblühten Rosen und reichlichem grünem Laube prangten, ja ganze Landschaften, in denen Baumschläge, Felsen, Wasserfälle und dergleichen zu sehen waren, und die mit Gewinden von Reblaube und gelbgrünen und purpurblauen Trauben dazwischen oder mit andern schönen Verzierungen eingefasst waren. Emilie richtete so nach und nach ein ganzes Zimmer im Schlosse sehr schön ein. Der Teppich auf dem Tische, die Überzüge der Sessel und des Kanapees und auch der Fußteppich waren auf diese Art gestickt, und wer hineintrat, erstaunte über die Pracht der lebhaften Farben, die Richtigkeit der Zeichnung, und die kunstreiche Schattierung.

Da alle die schön gefärbte Wolle, die dazu verwendet worden, ursprünglich von jenem einzigen Lamme herkam, so machte Karl, nunmehr, gnädiger Herr von Waldheim, eine sehr schöne, große Zeichnung, in der er den ihm unvergesslichen Augenblick abbildete, in dem er Mutter und Schwester vermittelst des Lammes wieder gefunden. Ganz im Vordergrunde auf der Felsenbank unter den Eichen zeichnete er seine Mutter nebst ihrer Gesellschafterin Rosalie. Weiterhin in dem Walde erblickte man Emilie und Christine und ihn selbst, und in ihrer Mitte befand sich das Lamm. Er hielt in einer Hand den Ring und deutete mit dem Zeigefinger der andern Hand auf die goldenen Buchstaben, die auf dem roten Halsbande des Lämmchens deutlich zu sehen waren. Emilie aber zeigte mit ausgestrecktem Arme nach der Gegend hin, wo ihre Mutter saß, als wollte sie sagen: »Dort ist sie!« Karl malte die Zeichnung mit sehr lebhaften Farben vortrefflich aus, und die sehr kenntlichen Personen auf dem Bilde, die nebst dem Lamme von der untergehenden Sonne kräftig beleuchtet waren, machten zwischen den dunkeln Schatten des Waldes eine unvergleichliche Wirkung. Er hängte das Gemälde, in einen goldenen Rahmen gefasst, in dem Zimmer auf, nachdem er zuvor mit goldenen Buchstaben die drei Worte darunter geschrieben hatte:

»Unter Gottes Leitung!«

Das hölzerne Kreuz

1. Das Münster

Die Frau von Linden, eine reiche, adelige Witwe, lebte seit dem Tod ihres Gemahls auf ihrem Schloss in ländlicher Stille und ward wegen ihres Verstandes, ihrer ungeheuchelten Frömmigkeit und ihrer Wohltätigkeit gegen die Armen von der ganzen Nachbarschaft allgemein verehrt und geliebt.

Einst musste sie wegen wichtiger Angelegenheiten sich in die Hauptstadt begeben und brachte dort gegen drei Wochen sehr beschäftigt zu. Am Tag vor ihrer Rückreise wollte sie gegen Abend noch einen Spaziergang um die Stadt machen. Es war Sonntag und nach langem Regen ein unvergleichlich schöner Frühlingstag. Die Einwohner der Stadt strömten, festlich gekleidet und frohen Sinnes, den Toren zu, den herrlichen Abend im Freien zu genießen. Frau von Linden war bereits auf dem Weg zum Tor und wollte zu ihrer Begleitung nur noch eine Freundin abholen. Da kam es ihr auf einmal in den Sinn, die Hauptkirche der Stadt, das Münster, an dem sie eben vorbeiging, noch einmal zu besehen. Zu dieser Stunde, dachte sie, würde sie dieses Wunder alter Baukunst am bequemsten betrachten können, ohne jemand in seiner Andacht zu stören oder von jemand in ihren Betrachtungen gestört zu werden.

Mit frommer Ehrfurcht trat sie durch die Hauptpforte in den ehrwürdigen Tempel. Das hohe, erhabene Gewölbe, die langen Reihen prächtiger Säulen, die Farbenpracht der bemalten Fenster, der Hochaltar in der tiefen Entfernung des Chors, die Dämmerung und Stille an diesem gottgeweihten Ort, das Majestätsvolle des ganzen Baues erfüllte sie mit Bewunderung, und in ihrem Herzen regten sich die Gefühle der Anbetung und leise Ahnungen von der Nähe Gottes. Sie kniete sogleich in dem nächsten Stuhl nieder und blieb da einige Zeit in sich versunken und still anbetend knien.

Hierauf ging sie in dem Hauptgang des Tempels langsam vorwärts, stand öfter betrachtend still und sprach endlich bei sich selbst: »Welch' ein Denkmal von dem tiefen Gefühl der Ehrfurcht und Anbetung, das die Vorwelt gegen Gott hatte, ist dieser Bau! Wie mächtig und stark muss dieses Gefühl sein, wie tief in dem menschlichen Herzen gegründet, dass es etwas so Großes und Herrliches zustande bringen konnte! Wie viele Menschen mussten sich vereinigen, welche Anstrengung, welcher Aufwand, welche Ausdauer wurde erfordert, bis – wie die Geschichte sagt, erst nach einem Jahrhundert – dieser Tempel endlich dastand und die Menschen hier ihren Schöpfer gemeinschaftlich anbeten konnten!«

Sie besah hierauf die einzelnen Merkwürdigkeiten, besuchte die Nebenaltäre und Seitenkapellen des großen, herrlichen Tempels, und betrachtete die alten, vortrefflichen Gemälde voll Kraft und Ausdruck, auf denen die Botschaft des Engels und die heilige Jungfrau, die Geburt des Herrn, sein Leben und Tod, seine Auferstehung und Himmelfahrt, die hohen Apostel und heiligen Märtyrer und viele heilige Frauen und Jungfrauen mit den lebhaftesten Farben den Augen gleichsam als gegenwärtig dargestellt wurden. Die vornehmsten Begebenheiten aus der Geschichte Jesu, der Apostel, der ersten Kirche gingen so vor ihren Blicken vorüber und weckten in ihrem Herzen heilige Empfindungen und edle Entschließungen.

Vor jedem der marmornen Grabmale blieb sie stehen und las die Inschriften, die in uralten, ihr ungewohnten Buchstaben Nachricht gaben von denkwürdigen Männern und tugendhaften Frauen, die vor Jahrhunderten gelebt hatten. Nirgends erblickte sie einen Menschen, beständiges Schweigen herrschte unter den hohen Gewölben. Sie vernahm nichts als ihren Fußtritt, und nur wie aus weiter Ferne her tönte das Getümmel draußen auf den Straßen.

Die Schauder der Vergänglichkeit bebten durch ihre Seele, da sie so als die einzige Lebende über dem Staub verstorbener Menschengeschlechter und unter Todesdenkmalen wandelte. Sie dachte mit Wehmut daran, wie alles auf Erden so gar eitel und vergänglich sei; sie erinnerte sich an ihre verstorbenen Eltern, Freunde und Verwandte; der Gedanke an ihren eigenen bevorstehenden Tod machte sie bekümmert und traurig. Allein die tröstlichen Sprüche auf den Grabsteinen brachten wieder Trost in ihre trauernde Seele und erfüllten sie mit froher Hoffnung der Unsterblichkeit. Mit frommer Rührung las sie auf einem Grabmal die Worte Jesu: »Ich bin die Auferstehung und das Leben. Wer an mich glaubt, der wird leben, wenn er schon gestorben wäre. Und ein jeder, der da lebt und an mich glaubt, wird in Ewigkeit nicht sterben.« Ebenso ging ihr der Ausspruch Jesu auf einem anderen Grabstein sehr zu Herzen: »Es kommt die Stunde, da alle, die in den Gräbern sind, die Stimme des Sohnes Gottes hören werden. Die da Gutes getan haben, werden hervorgehen zur Auferstehung des Lebens, die aber Böses getan haben, zur Auferstehung des Gerichts.«

Ganz besonders rührte sie noch das Grabmal einer frommen Frau, die in dieser Welt vieles gelitten und viel Gutes getan hatte. Es standen da die Worte der heiligen Schrift mit goldenen Buchstaben geschrieben: »Selig sind die Toten, die im Herrn sterben. Denn der Geist spricht: Sie ruhen jetzt von ihren Mühseligkeiten aus, und ihre Werke folgen ihnen nach.«

Frau von Linden nahm sich vor, solange sie noch auf Erden wandeln würde, die Mühseligkeiten des Lebens geduldig zu ertragen und, soviel nur immer in ihren Kräften stehe, Gutes zu tun.

2. Das betende Kind

Als Frau von Linden abermals in eine Seitenkapelle des herrlichen Tempels trat, erblickte sie ein kleines, ganz schwarz gekleidetes Mädchen von etwa acht Jahren, das ganz allein auf der Stufe des Altars kniete. Das Kind betete mit festgefalteten Händen so andächtig und blickte so unverwandt zu dem Altar auf, dass es gar nicht darauf achtete, wer da vorbeigehe. Die hellen Tränen tröpfelten ihm über die blühend roten Wangen. Das schöne, unschuldvolle Gesicht des Kindes hatte einen Ausdruck von Wehmut und Ergebung, von Andacht und Innigkeit, der über alle Beschreibung ging.

Die Frau von Linden empfand das innigste Mitleiden, das herzlichste Wohlwollen, ja selbst eine Art Ehrfurcht gegen das betende Kind. Sie wollte es in seiner Andacht nicht stören. Erst als es von dem Gebet aufstand, näherte sie sich dem Kind und sprach mit sanfter Stimme: »Du bist wohl sehr traurig, liebe Kleine! Was fehlt dir, und warum weinst du?«

»Ach«, sagte das Kind, und die Tränen flossen ihm aufs neue über die Wangen, »vor einem Jahr an ebendiesem Tag ist mein Vater gestorben, und heut vor acht Tagen haben sie meine Mutter begraben!«

»Um was hast du denn den lieben Gott so herzlich gebeten?« fragte die Frau weiter.

»Dass er sich meiner erbarme«, antwortete das Kind. »Ich habe keine andere Zuflucht als zu ihm. Zwar bin ich noch bei den Leuten, in deren Haus wir zur Miete wohnten. Allein bleiben kann ich da nicht. Morgen soll ich weiter; das hat mir der Hausherr erst heute wieder gesagt. Ich habe in der Stadt wohl noch einige Verwandte und wünschte wohl recht herzlich, dass einer oder der andere sich meiner erbarmen und mich annehmen möchte. Auch der Herr Pfarrer in dieser Kirche, der meine selige Mutter während ihrer Krankheit öfter besucht und ihr viel Gutes getan hat, sagte es ihnen sehr nachdrücklich, es sei ihre Pflicht, mich anzunehmen. Allein sie können nicht einig werden, wer die Last übernehmen soll, mich zu erziehen. Ich kann ihnen das auch nicht übelnehmen; denn sie haben selbst viele Kinder und nichts dazu als was sie mit ihrer Handarbeit täglich verdienen.«

»Armes Kind!« sprach die Frau von Linden, »Da ist es wohl kein Wunder, dass du traurig bist.«

»Freilich wohl«, sagte das Kind, »ich kam auch recht traurig hierher; aber der liebe Gott hat mir auf einmal alle Traurigkeit vom Herzen hinweggenommen; ich bin nun ganz getrost und habe keine Sorge mehr als nur immer nach seinem Willen zu leben, damit er Wohlgefallen an mir haben könne.«

Die Worte des schuldlosen Kindes und die Redlichkeit, die ihm aus seinen rotgeweinten Augen blickte, drangen der edlen Frau durch das Herz. Sie blickte das Kind so freundlich wie eine zärtliche Mutter an und sagte: »Ich denke, Gott hat dein Gebet erhört, meine liebe Kleine! Bleibe auf deinem Vorsatz; bleibe immer so fromm und gut und sei getrost. Dir soll geholfen werden. Komm mit mir!«

Die gute Kleine sah die fremde Frau verwundert an und blieb unentschlossen stehen. »Ja, wohin denn?« sagte sie, »Ich darf nicht, ich muss nach Hause.«

Die Frau von Linden sprach: »Ich kenne den Herrn Pfarrer, der, wie du sagst, deiner kranken Mutter so viel Gutes erwiesen hat, sehr wohl. Zu ihm wollen wir gehen. Mit ihm will ich überlegen, wie dir zu helfen sei.«

Nachdem sie dieses gesagt hatte, bot sie dem Kind liebreich die Hand, und das Kind ging nun voll Freuden mit ihr.

3. Ein Geistlicher

Der Pfarrer, ein etwas betagter Mann, so ehrwürdig von Aussehen, fast wie ein Apostel, stand mit frohem Erstaunen von seinem Schreibtisch auf, als er die Frau mit dem Kind an der Hand hereintreten sah. Frau von Linden erzählte ihm, wie sie das Kind eben jetzt erst kennengelernt, und hieß das Kind dann ein wenig hinausgehen, weil sie mit dem Herrn Pfarrer noch besonders zu reden habe.

»Lieber Herr Pfarrer!« sprach sie nun, als das Kind hinaus war, »Ich habe im Sinne, dieses Mädchen zu mir zu nehmen und Mutterstelle an ihm zu vertreten. Meine eigenen Kinder starben alle in ihrem zarten Alter. Mein Herz sagt mir, dass ich die Liebe, die ich zu ihnen hatte, diesem Kind zuwenden könnte. Doch wünschte ich zuvor noch zu erfahren, ob Sie, der Sie sowohl die Eltern als auch das Kind genauer kennen, mir dazu raten. Was sagen Sie nun dazu? Ich möchte mein kurzes, schnell vorübergehendes Dasein auf Erden gern mit wohltätigen Handlungen bezeichnen. Glauben Sie, dass die Wohltat, die ich diesem Kind erweisen möchte, gut angewandt wäre?«

Der fromme Mann erhob seine Augen und seine gefalteten Hände anbetend zum Himmel und sprach: »Gottes heilige Vorsicht sei ewig gepriesen! Ein größeres Werk der Barmherzigkeit könnten Sie nicht leicht tun – und ein frömmeres, sittsameres und verständigeres Kind könnten Sie auch nicht leicht finden als die kleine Sophie. Ihre beiden Eltern waren die rechtschaffensten Leute von der Welt; wahrhaft fromm und christlich. Sie gaben diesem ihrem einzigen Kind eine sehr gute Erziehung. Schade, dass sie dieselbe nicht vollenden konnten! – Oh, ich werde es nie vergessen, mit welchem Kummer die sterbende Mutter auf dieses ihr innig geliebtes Kind hinblickte, das weinend und schluchzend unten an ihrem Sterbebett stand; mit welchem vertrauensvollen Blick sie aber auch zum Himmel aufsah und die Worte sprach: ›Du Vater im Himmel wirst auch hier Vater sein. Du wirst dieser meiner Tochter eine andere Mutter geben. Das weiß ich gewiss und sterbe getrost.‹ Diese Worte der frommen Mutter werden nun erfüllt. Es ist augenscheinlich, dass Gott, der Allmächtige, Sie, verehrungswerteste, gnädige Frau, dazu auserkoren hat, die zweite Mutter dieses Kindes zu werden. Deswegen mussten Sie in die Hauptstadt kommen; deswegen gab Gott es Ihnen in den Sinn, vor Ihrer Abreise noch seinen Tempel zu besuchen. Es ist offenbar sein Werk. Seine heilige Vorsehung sei dankbar gepriesen!«

Der Pfarrer rief nun die arme Waise herein und sprach: »Sieh, Sophie, diese gute, verehrungswürdige Frau will deine Mutter sein. Es ist dieses für dich ein großes Glück, das der liebe Gott dir beschert. Willst du nun mit ihr gehen und ihr eine gute Tochter werden?«

Sophie sagte freudig »Ja!« und fing an, vor Freude zu weinen. Sie konnte vor Weinen nicht weiter reden. Sie dankte der gnädigen Frau bloß mit Blicken und küsste ihr stillschweigend die Hand.

»Sieh, mein Kind«, fuhr der Pfarrer fort, »wie Gott für dich sorgt! Da deine selige Mutter auf dem Sterbebett lag, hatte er diese deine zweite Mutter, ohne dass wir etwas davon wussten, schon hierher geführt, und er ließ sie nicht von hier abreisen, bevor sie dich gefunden und zu ihrer Tochter angenommen hatte. Erkenne darin seine liebevolle Vatersorgfalt! Liebe ihn von ganzem Herzen, den lieben, guten, barmherzigen Gott, der sich deiner so sichtbar annimmt; vertrau auf ihn und halte seine Gebote. Sei gegen die gnädige Frau, diese deine neue Mutter, die dir Gott gegeben hat, ein so gutes, folgsames Kind, wie du es gegen deine verstorbene Mutter warst. Dann wird die gnädige Frau an dir Freude erleben, und es wird dir wohl gehen! Merke dir noch dieses besonders: Es werden dir in deinem künftigen Leben zwar Leiden und Trübsale nicht ganz ausbleiben; allein bete dann mit einem ebenso kindlichen Vertrauen zu Gott, wie du eben jetzt in unserer Pfarrkirche gebetet hast, so wird er allzeit dein treuer Helfer sein, wie er dir eben jetzt geholfen hat.«

Nun wurden noch die Verwandten des Kindes gerufen. Sie machten nicht die geringste Einwendung dagegen, dass die gnädige Frau die arme Waise annehmen wolle. Sie freuten sich vielmehr darüber und waren mit allem sehr zufrieden. Eine noch größere Freude und Zufriedenheit zeigten sie aber, als die Frau von Linden erklärte, sie wolle das Mädchen so annehmen, wie es gehe und stehe, und die kleine Verlassenschaft der Verstorbenen nebst Sophies übrigen Kleidern ihnen und ihren Kindern überlassen. Sophie wünschte sich nur noch einige Andachtsbücher ihrer Mutter zum frommen Andenken, die man ihr dann auch gern überließ.

Am folgenden Morgen sehr früh nahm die Frau von Linden Sophie zu sich in den Reisewagen und fuhr mit ihr zurück auf ihr Schloss.

4. Die edle Pflegemutter

Frau von Linden war auf ihrem Schloss spät in der Nacht mit Sophie angekommen. Da man sie erwartet hatte, so war das Abendessen schon längst bereit. Sie setzte sich zu Tisch und ließ die kleine Sophie neben sich sitzen. Sie selbst aß nur noch einiges wenige, legte aber Sophie von allem reichlich vor. Hierauf führte sie das Kind auf ein kleines, artiges Zimmer. »Dies«, sagte sie, »ist von nun an dein Schlafzimmer. Da du das erstemal hier über Nacht bleibst, so bete dein Abendgebet mit besonderer Andacht und weihe gleichsam so dieses Zimmer zu deiner Wohnung ein. Bitte den lieben Gott, er wolle immer mit dir sein und dir deinen Aufenthalt dahier zum Segen gereichen lassen. Nun, gute Nacht, schlaf wohl, und vergiss nicht, das Licht auszulöschen.«

Sophie war über die Freundlichkeit der Frau und noch mehr über die Güte Gottes, der so väterlich für sie gesorgt hatte, ganz entzückt. Mit Tränen des Dankes in den Augen betete sie ihr Abendgebet, und mit noch gefalteten Händen schlief sie ein.

Als Sophie morgens erwachte, fand sie neue Ursache, sich zu freuen und Gott zu danken. In der Stadt hatte sie in einer finstern Straße eine sehr enge, traurige Wohnung gehabt; in ihr dunkles Schlafkämmerlein hatte das ganze Jahr hindurch weder Sonne noch Mond hineingeschienen, allein hier in dem Schloss schien ihr sogleich die aufgehende Sonne in das Fenster und weckte sie.

Sophie stand sogleich auf, trat an das Fenster und blickte nun so recht in den vollen Frühling hinaus. Der Gemüsegarten unten am Schloss prangte mit grünen Kräutern und farbigen Blumen aller Art. Seitwärts den Hügel hinauf zog sich der Baumgarten, der von reichlichen Blüten fast ganz weiß und rot war. Zur andern Seite hatte man eine schöne Aussicht über artige Dörfer, wohlgebaute, bereits herrlich grünende Getreidefelder und blumige Wiesen, die von waldigen Bergen begrenzt wurden. Sophie sank auf die Knie und dankte Gott von neuem, dass er sie an einen so freundlichen Ort und zu einer noch freundlicheren Frau geführt habe.

Die menschenfreundliche Frau bezeigte sich gegen Sophie als eine wahrhaft liebevolle Mutter; aber auch Sophie hing mit der kindlichsten Liebe an ihr und tat alles, was sie ihr nur an den Augen ansehen konnte, mit Freuden. Gar oft, ehe die Frau noch ein Wort sagte, war Sophie schon auf dem Weg, dieses oder jenes herbeizubringen. Sie war so fromm, so aufrichtig, so bescheiden, dass die Frau das Kind mit jedem Tag lieber gewann.

Frau von Linden schickte Sophie, die bereits sehr gut lesen konnte und auch im Schreiben und Rechnen einen guten Anfang gemacht hatte, sehr fleißig zur Schule, die durch die Wohltätigkeit der edlen Frau sehr wohl bestellt war. Den Unterricht in der Religion erhielt Sophie mit andern Kindern von dem würdigen Pfarrer des Dorfes, der die Schule fast täglich besuchte und ein wahrer Kinderfreund war. Sophie war nicht nur die aufmerksamste Schülerin, sondern sie befleiß sich auch, die guten Lehren, die sie in der Schule hörte, zu Hause getreulich zu befolgen.

Außer der Schulzeit musste Sophie in der Küche und dem Garten, soviel es ihre Kräfte erlauben, mithelfen, teils, um jede Arbeit frühzeitig zu lernen, teils, damit sie von Kindheit auf an ein arbeitsames Leben gewöhnt würde. Wenn es sonst nichts zu tun gab, durfte sie mit ihrer Stickerei oder ihrem Spinnrädchen auf das Zimmer der gnädigen Frau kommen, und die Gespräche der frommen, gebildeten Frau waren für sie sehr lehrreich. In der Folge unterrichtete sie die gnädige Frau selbst noch im Nähen und Sticken, lehrte sie alle einer guten Haushälterin nötigen Geschäfte.

Die verständige Frau ließ Sophie auch sehr schön und anständig, aber nur bürgerlich kleiden. »Denn«; sagte sie, »manche Bürgermädchen, die sich über ihren Stand kleiden, finden schwer eine gute Versorgung. Dem Bürgersmann sind sie zu vornehm, und dem Vornehmen sind sie zu gering.«

Unter der Aufsicht und Leitung einer so vortrefflichen Erzieherin wuchs Sophie auf und ward in ihrer bürgerlichen Kleidung recht das Bild einer unschuldigen, bescheidenen Jungfrau. Sie blühte, weil nie eine unlautere Begierde ihr Herz entweiht hatte, schöner als eine Rose. Manches geputzte Fräulein, das durch Zorn, Tanzwut oder andere böse Leidenschaften ihre schöne Gestalt zerstört hatte, beneidete das liebliche Bürgermädchen um ihr blühendes Aussehen.

5. Die gute Pflegetochter

Sophie hatte bei Frau von Linden über zehn Jahre sehr vergnügt und glücklich zugebracht. Allein nun wurde die vortreffliche Frau krank. Sophie wurde nun die zärtlichste Verpflegerin ihrer teuren Pflegemutter und bediente sie mit einer Liebe, als wäre die Frau ihre eigene Mutter. Sophies Sorgfalt für die geliebte Kranke erstreckte sich auf die kleinsten Dinge. Sie sprach immer so sanft und ihre Fußtritte waren immer so leise, dass die Kranke nicht im geringsten beunruhigt wurde. Sie öffnete und schloss die Türen so still und ohne Geräusch, dass man es kaum hörte. Frau von Linden hatte in ihrer Krankheit niemand lieber um sich als sie. Oft saß Sophie ganze Nächte hindurch in dem Lehnsessel des düsteren Krankenzimmers, das nur von einem dämmernden Nachtlicht schwach erhellt war, und wenn sie auch etwas einschlummerte, so eilte sie auf das leiseste Geräusch der Kranken wieder herbei. Die Frau war sehr lange krank, und Sophie ward nicht müde, sie zu bedienen.

Frau von Linden wusste diese kindliche Liebe zu schätzen und segnete den Augenblick, da sie Sophie zu sich genommen hatte. Einmal, in einer rauhen, sehr kalten Winternacht, in der die Kranke sich schlimmer als je befand, verlangte sie Tee. Sophie machte in der Küche den Tee und brachte ihn, zitternd vor Frost, an das Bett. Frau von Linden trank ihn, gab die Schale zurück und sagte: »Liebe Sophie, du tust sehr viel für mich! Eine Tochter könnte nicht mehr für mich tun. Gott vergelte es dir. Und auch ich werde es dir nicht ganz unbelohnt lassen. Ich habe dich in meinem Testament bedacht. Liebe lässt sich zwar nicht bezahlen. Du wirst aber doch sehen, dass ich nicht undankbar bin. Ich habe dir eine Summe ausgesetzt, dass deine Armut kein Hindernis mehr sein wird, dich ordentlich zu verheiraten. Nach meinem Tod wirst du es erfahren.«

Sophie weinte und bat, doch nicht mehr vom Sterben zu reden.

Allein die edle Frau sagte: »Weine nicht, gutes Kind! Der Tod ist nicht so fürchterlich, als er scheint. Er ist ein ernster Freund – aber doch ein Freund, der uns aus dem Gefängnis, in dem wir schmachten, aus diesem hinfälligen Leib befreit und uns das Tor in eine schönere Welt auftut. Ich freue mich, bald denjenigen zu sehen, an den ich geglaubt habe, ohne ihn zu sehen. Bleibe von Herzen fromm, liebe

Sophie, wandle stets auf Gottes Wegen, habe unsern göttlichen Erlöser, der aus Liebe zu uns am Kreuz starb, stets von Herzen lieb, tue nie etwas Böses und immer nur Gutes, so wird dir einst der Tod auch leicht und süß sein! Es ist nichts Schreckliches, von allen Leiden befreit zu werden und es besser zu bekommen.«

Frau von Linden schwieg eine Weile. Sie hatte ein kleines hölzernes Kreuz in der Hand. Das Bildnis des Gekreuzigten war mit altdeutscher Kunst in das Holz sehr anmutig eingeschnitten. Sie küsste es mit Tränen frommer Rührung und sagte: »Noch sehe ich ihn, meinen Erlöser, nur in diesem Bildnis. Aber bald – oh der Freude! – bald von Angesicht zu Angesicht! Bis dahin erinnert mich dieses Bildnis – so unendlich weit es auch unter dem Urbild ist! – dennoch an die große Liebe, mit der er für mich am Kreuz blutete, erblasste, sein Haupt neigte und starb!«

»Glaube mir, liebe Sophie«, sprach sie über eine Weile, »er war schon hier auf Erden mein bester Freund; das habe ich oft an meinem Herzen erfahren. Die süßesten Stunden meines Lebens sind die, die ich in Betrachtung seines Wortes, seines Beispiels, seiner Liebe bis zum Tod und im Gebet und Herzensumgang mit ihm zugebracht habe. Es ist für uns Menschen kein anderes Heil als im Glauben an ihn und in Vollbringungen seines Wortes! Wenn wir im Leiden auf ihn vertrauen, so lässt er es uns nie an sicherem Trost fehlen!«

»Und so, meine gute Sophie«, sprach sie noch mit schwacher Stimme, »finde ich in seinen Worten auch jetzt den letzten Trost. Er sagte es ja seinen Jüngern so treulich: ›In meines Vaters Haus sind viele Wohnungen – wenn es anders wäre, hätte ich es euch gesagt. Ich gehe hin, euch dort eine Stätte zu bereiten.‹ So sprach er, und ich denke, meine Stätte ist bereit – mein Herr kommt und ruft mich, und ich folge ihm mit Freude.«

Sie wollte noch einiges sagen. Allein ihre Stimme brach. »In deine Hände«, sagte sie jetzt noch ganz schwach und leise, »empfehle ich meinen Geist!«, und dieses waren ihre letzten vernehmlichen Worte. Sie ward sehr schwach und schloss die Augen. Sophie weckte die Leute des Hauses. Der Herr Pfarrer wurde gerufen. Er betete der Sterbenden vor. Sie öffnete die Augen und winkte, dass sie ihn verstehe. Man sah, dass sie still mitbetete. Nach einer Stunde verschied die fromme Frau, und Sophie weinte so heiße Tränen wie damals, als ihre eigene Mutter gestorben war.

6. Die Erbschaft

Da Frau von Linden in der ganzen Gegend weit umher aufrichtig verehrt wurde, und da besonders die Armen in ihr die größte Wohltäterin verloren hatten, so fand sich bei dem Leichenbegängnis eine große Menge Menschen ein, und unzählige Tränen wurden dabei vergossen. Auch viele vornehme Anverwandte waren, in tiefe Trauer gekleidet, dabei zugegen.

Nachdem die traurige Feierlichkeit geendigt war, wurde das Testament eröffnet. Für Sophie waren zweitausend Taler ausgemacht. Die Zinsen hatte sie von dem Tag an, wo das Testament eröffnet ward, zu genießen; das Kapital aber war zu ihrem Heiratsgut bestimmt. Überdies ward ihr gestattet, aus den Kostbarkeiten der Verstorbenen eines der schönsten Stücke, was für eines sie nach reiflicher Überlegung nur immer verlangen würde, sich zum Andenken auszuwählen.

Einige der Herren Vetter und Frauen Basen hatten über die zweitausend Taler große Augen und sehr verdrießliche Gesichter gemacht. Die jungen Fräulein aber waren über den Verlust des schönsten Stückes aus dem Schmuck der seligen Tante höchst unzufrieden. Sie sagten indes mit verstellter Freundlichkeit zu Sophie: »Sieh, dieses Kleid von prächtigem Stoff mit den farbenreichen Blumen nimm! Schau es nur einmal an! Die Blumen sind von so seltener Art, dass noch kein Mensch dergleichen gesehen hat, und jeder Blumenstrauß ist beinahe so groß als ein Teller. Und wie dicht der Stoff gewebt ist! Wenn man das Kleid nur so hinstellte, ohne es anzuziehen, so bliebe es aufrecht stehen. Es war das Brautkleid der seligen Tante. Herrlicheres gibt es nichts. Das gibt einmal ein Brautkleid für dich.«

Einer der Verwandten aber, ein Herr von Hagen, ein sehr rechtschaffener, etwas ältlicher Offizier, sagte: »Das Kleid taugt ganz und gar nicht für Sophie. Schwätzt ihr kein solch tolles Zeug vor. Überhaupt habt Ihr nichts darein zu reden. Lasst sie selbst wählen!« Allein die Fräulein schalten ihn unartig und gaben sich alle erdenkliche Mühe, Sophie bald dieses, bald jenes Stück von geringem Wert unter großen Lobpreisungen aufzudringen.

Sophie wurde von dem vielen Zureden fast betäubt und schien unentschlossen, was sie wählen sollte. Endlich sprach der brave Beamte, der das Testament eröffnet hatte: »Sophie ist eine arme Waise. Ich muss zufolge meiner Amtspflicht mich ihrer annehmen. Es sind Stücke da von großem Wert – von Gold und Edelsteinen. Die Frau von Linden hatte, wie ich zuverlässig weiß und wie das Testament deutlich genug sagt, die Absicht, Sophie etwas von Wert zu hinterlassen, das ihr zur Zeit der Not ein Notpfennig sein könnte. Auch wird in dem Testament weislich darauf hingedeutet, Sophie soll die Sache zuvor wohl überlegen, damit sie sich nicht übereile. Ich gebe daher Sophie Bedenkzeit, was sie wählen wolle. Sie mag auch verständige Freunde zu Rat ziehen und dann morgen sich erklären, was sie wünsche – und ich werde es ihr dann ausfolgen lassen.« Hierauf gingen sie alle, und einige murrend und sehr unzufrieden, auseinander.

Nun schien es, dass es große Streitigkeiten abgeben würde. Die Köchin im Schloss riet Sophie, den Ring mit dem großen Diamant zu wählen, oder die Schnur Perlen, die alle sehr schön und echt waren. Der alte Schlossgärtner sagte, das kleine, schöne Porträt der seligen Frau, das in Gold und Diamanten gefasst sei, schicke sich am besten zu einem Andenken für Sophie. Die fremden Bedienten und Kammerjungfern aber behaupteten, ihre gnädigen Herrschaften würden es nie zugeben, dass Sophie etwas wähle, das ein Bürgermädchen nicht einmal tragen dürfe; denn es könne nie der Sinn der gnädigen Tante gewesen sein, ihr etwas dergleichen zu vermachen.

Als man am andern Morgen zusammenkam, hatte der Amtmann sämtliche Kostbarkeiten schön geordnet auf einer grünen Tafel ausgelegt. Man erblickte da Haarnadeln und Ohrbehänge mit Edelsteinen, goldene Ketten, Spangen und allerlei Kleinode, den Diamantring, die Perlenschnur und das kleine Porträt mit Diamanten. Sophie sollte nun wählen. Die meisten Erben standen wie zum Streit gerüstet da, und besonders einige Fräulein schossen drohende Blicke auf Sophie.

Allein Sophie sagte: »Oh meine gnädigen Fräulein. Es ist mir nicht im geringsten darum zu tun, ein Andenken von Geldeswert zu erhalten. Das kleinste, unbedeutendste Stück würde, da es von einer so guten Frau ist, für mich schon den größten Wert haben. Auch hat mich die selige gnädige Frau ja mit einer Summe Geldes reichlich genug bedacht, und ich habe diese nicht verdient. Da ich indes frei wählen darf, so bitte ich mir das kleine hölzerne Kreuz aus, mit dem in der Hand die gnädige Frau starb und das sie mit ihrem letzten Tränen und mit ihrem Todesschweiß benetzte. Dies ist mir das teuerste Andenken. Es wird mich an die letzten Ermahnungen erinnern, die sie mit bereits erblassten Lippen mir gab. Wenn ich diese guten Lehren befolge, so werde ich – im Glauben, dass es etwas Besseres als Erdengüter gebe – Gold und Edelsteine leicht entbehren können. Der Segen der seligen Frau wird dann auf mir ruhen.«

Sophies Bitte wurde von den Anverwandten mit großem Beifall aufgenommen, und sie erteilten ihr über ihre fromme Wahl viele Lobsprüche, obwohl sie im Herzen darüber lachten. Die Köchin aber sagte im Herausgehen: »Du bist ein dummes Ding, dass du nichts Kostbares gewählt hast. Hast du denn nicht gesehen, wie ich dir immer winkte und heimlich auf den Ring und die Perlenschnur deutete? Das uralte, hölzerne Kreuz hättest du so zu dir nehmen können. Kein Mensch achtete darauf, und niemand hätte danach gefragt. Du bist nicht klug.«

Allein der alte Gärtner sprach: »Gott segne dich, liebes Kind! Du bist eine fromme, gute, dankbare Seele. Bei dem hölzernen Kreuz da wird mehr Segen sein als bei Gold oder Silber, und es wird dir in der Stunde der Not und wohl noch in deiner letzten Stunde mehr Trost gewähren als Perlen und Edelsteine. Denke an mich!«

Sophie verwahrte das kleine hölzerne Kreuz in ihrem Kasten, und es war ihr unter allem, was sich in dem Kasten befand, das schätzbarste Stück. Das Bewusstsein, aus Liebe zum Frieden sich mit wenigem begnügt zu haben, gewährte ihr das reinste Vergnügen und die seligste Beruhigung. Die eigennützigen Fräulein aber gerieten über die Teilung der Kostbarkeiten untereinander selbst noch in große Streitigkeiten und hatten von der reichen Erbschaft in der Tat mehr Verdruss als Vergnügen.

7. Die zufriedene Ehe

Etwa ein Jahr, bevor die Frau von Linden starb, hatte der Sohn des Gärtners, ein sehr rechtschaffener, wohlgesitteter, blühender Jüngling, gewünscht, Sophie zur Ehe zu bekommen. Er hatte, da seine Mutter nicht mehr lebte, mit seinem Vater darüber gesprochen, und der Vater, der diese Wahl vollkommen billigte, hatte die Sache bei der gnädigen Frau angebracht.

Die gnädige Frau, der Sophies Gesinnungen schon bekannt waren, hatte sich so erklärt: »Euer Wunsch, mein lieber Gärtner, und der

Wunsch Eures Sohnes ist auch der meinige. Ihr habt Euren Sohn sehr gut erzogen und ihn von Kindheit auf zur Gottesfurcht, zur Rechtschaffenheit, zur Mäßigkeit, zu Fleiß und Ordnung gewöhnt. Er hat sich auch immer so wohlanständig und eingezogen betragen, wie es einem ehrbaren Jüngling geziemt. Ich habe also nicht nur nichts gegen die Heirat, sondern Euer Antrag macht mir vielmehr große Freude. Allein jetzt ist's noch zu früh, dass Ihr, lieber Vater, Euren Dienst abtretet; denn Euer Wilhelm muss noch eine Zeit in die Stadt, um in der Gartenkunst, die man jetzt sehr hoch treibt, auch das noch zu lernen, was heutzutage von einem herrschaftlichen Gärtner gefordert wird. Kommt er nach zwei bis drei Jahren wieder zurück und haben dann er und meine Pflegetochter noch die nämlichen Gesinnungen, nun, so werde auch ich – wenn ich anders noch lebe! – mich als Sophies Pflegemutter bei der Hochzeit einfinden.«

Mit dieser Antwort waren sowohl der Vater als auch Wilhelm und Sophie sehr wohl zufrieden. Frau von Linden hatte dem trefflichen Wilhelm noch einige Kleidungsstücke für die Reise machen lassen, ihn mit Reisegeld versehen und ihm ein Empfehlungsschreiben an den fürstlichen Hofgärtner mitgegeben, und Wilhelm war hierauf abgereist.

Jetzt, nach dem Tod der seligen Frau, da Sophie nicht wusste, wohin, nahm der alte Gärtner sie zu sich, und sie führte ihm die Haushaltung. Ein Jahr nachher kam Wilhelm zurück – und er und Sophie bedauerten herzlich, dass die gnädige Frau bei dem Hochzeitsfest nicht mehr zugegen sein könne. Allein Bräutigam und Braut besuchten, so wie sie an ihrem Hochzeitstag aus der Kirche traten, auf dem kleinen, ländlichen Gottesacker das Grab ihrer seligen Wohltäterin, das der junge Gärtner lieblich mit Blumen geziert hatte. Beide brachten ihr für so viele Wohltaten unter reichlichen Tränen den herzlichsten Dank dar.

Da Wilhelm und Sophie von Herzen fromm und tugendhaft waren, einander aufrichtig liebten und von Kindheit auf gelernt hatten, Eigensinn, Rechthaberei, üble Laune, Jähzorn und ähnliche Leidenschaften zu beherrschen, so lebten sie höchst zufrieden und vergnügt. Ihren alten Vater trugen sie gleichsam auf den Händen. Der alte Mann war hocherfreut, seine vier Enkelchen zu sehen. Unter diesen hatte das erstgeborene Knäblein dem Großvater zu Ehren in der Taufe den Namen Friedrich erhalten; das zweite Kind, ein Mägdlein, bekam zum

Andenken an die selige Frau von Linden den Namen Therese. Dem guten Großvater war es Herzenslust, seine Enkel auf den Schoß zu nehmen oder auf den Armen umherzutragen. Die kleine Familie lebte in der seligsten Eintracht.

Allein ihr Leben blieb, wie das hier unter dem Mond nun einmal so ist, nicht frei von Leiden. Der redliche Greis genoss die Freude, bei seinen Kindern und Enkeln zu leben, nur wenige Jahre. Er starb nach einem kurzen Krankenlager. Wilhelm und Sophie waren darüber tief betrübt und weinten bei dem Leichenbegängnis die aufrichtigsten Tränen.

Ein Jahr darauf fiel Wilhelm von einem Baum, brach den linken Arm und ward sonst noch sehr übel zugerichtet. Er kam zwar mit dem Leben davon, allein er konnte den Arm nicht mehr recht zur Arbeit gebrauchen und den Gärtnerdienst nicht mehr versehen. Man bedeutete ihm, er müsse in Zeit von einem Vierteljahr die herrschaftliche Wohnung räumen, und da die neue Herrschaft sehr karg war, wurde ihm nur ein äußerst kleiner Gnadengehalt an Geld, nebst etwas Getreide und Holz, ausgeworfen.

Wilhelm war sehr traurig und niedergeschlagen, Dienst und Wohnung zu verlieren. »Wovon sollen wir nun leben«, sagte er bekümmert, »und womit unsere Kinder erhalten?« Er wusste seines Jammers kein Ende. Allein Sophie suchte auf allerlei Weise, ihn zu trösten und zu erheitern. »Lass dir einmal ein Gleichnis sagen«, sprach sie eines Tages. »Sieh dort im Käfig unser Kanarienvögelein, das ich noch von der gnädigen Frau habe. In ihrer letzten Krankheit war ihr sein Schlag zu laut, und sie sagte, ich sollte es auf mein Zimmer tragen. Allein täglich fragte sie, ob ich nicht vergessen habe, das Vögelein zu füttern, und noch am letzten Tage ihres Lebens sagte sie, ich solle nach ihrem Tod das Vögelein mitnehmen und wohl dafür sorgen. Ich war damals sehr bekümmert, wie es mir nach dem Tod der liebevollen Frau ergehen werde. Allein da fiel mir ein: ›Sieh, diese gute Frau ist so liebreich für ein Vögelein besorgt! Wie sollte der liebe Gott nicht für uns Menschen sorgen!‹ Daran habe ich indessen schon oft gedacht. Ja, so oft ich in unsern gegenwärtigen bedrängten Umständen das Vögelein füttere, denke ich allemal: Gott wird es uns und unsern lieben Kindern nie an dem nötigen Lebensunterhalt fehlen lassen. Sei daher getrost, lieber Wilhelm! Gott kann unser nie vergessen. Auf ihn wollen wir vertrauen. Er, der bisher half, wird weiter helfen. Nur müssen auch wir das Unsrige tun. Es ist nicht leicht eine Lage des Lebens so schlimm, in der ein Mensch, der auf Gott vertraut, und arbeiten mag, nicht noch Rettung finden sollte.«

Sie überlegten nun miteinander, was zu tun sei. Sie wurden bald einig, sich in dem Dorf ein Haus zu kaufen, und da kein Krämer am Ort war, einen Kramladen von solchen Waren anzulegen, die dem Landmann am nötigsten sind. »Den Laden«, sagte Wilhelm, »hoffe ich ungeachtet meines etwas gelähmten Armes mit leichter Mühe versehen zu können. Dabei wird es mir gut kommen, dass ich mit Schreiben und Rechnen wohl umzugehen weiß. Meinem Vater im Grab sei noch dafür gedankt, dass er mich so fleißig zur Schule schickte.« – »Wohl«, sagte Sophie, »und ich hoffe, mit Nähen und Stricken, worin mich die selige Frau von Linden sehr gut unterrichtete, neben meinen häuslichen Geschäften auch wohl noch etwas zu verdienen.«

In dem Dorf war eben ein Haus feil. Sie beschlossen, wiewohl es ziemlich baufällig war, es zu kaufen und wieder in guten Stand herstellen zu lassen. Allein zu dem Ankauf und der Ausbesserung des Hauses sowie zur Errichtung des Ladens hatten sie eine ansehnliche Summe Geldes nötig. Überdies beliefen sich die Kosten von Wilhelms Kur sehr hoch, und diese Kosten mussten noch vor allem anderen bezahlt werden. Sophies zweitausend Taler waren bei einem Kaufmann in der Stadt angelegt. Wilhelm begab sich in die Stadt, um einstweilen die Hälfte dieses Kapitals aufzukünden und sie sobald als möglich zu erheben. Allein der Kaufmann sagte, dass er in Zeit von einem Jahr nach der Aufkündigung, wie es in der Obligation ausbedungen worden, richtig bezahlen werde, früher aber keinen Heller. Wilhelm und Sophie sahen sich nun in großer Verlegenheit. Allein ein reicher Bauer aus dem Dorf erbot sich, ihnen die erforderliche Summe gegen landesübliche Zinsen auf ein Jahr vorzustrecken. Sie nahmen das Anerbieten dankbar an. Das Haus wurde gekauft und ausgebessert und bekam ein sehr heiteres, freundliches Aussehen. Sehr lieb war es dem guten Wilhelm, als einem ehemaligen Gärtner, dass sich ein kleiner Garten an dem Haus befand. Denn obwohl Wilhelm wegen seines beschädigten Armes nicht mehr imstande gewesen, den großen Schlossgarten gehörig zu bearbeiten, so machte es ihm doch keine große Mühe, sein kleines Gärtchen sehr schön und gut anzubauen, und es prangte bald mit trefflichem Gemüse und lieblichen Blumen.

Wilhelm und Sophie schätzten sich sehr glücklich, eine eigene Wohnung zu haben. Ihre kleine, ländliche Wohnstube war freilich nur sehr einfach, allein sehr heiter und traulich. Man sah nur die nötigsten Gerätschaften darin, und Tisch, Bank und ein paar Stühle waren nur von Eichenholz; allein sie taten doch die nämlichen Dienste, als wären sie von dem teuersten ausländischen Holz verfertigt. Anstatt einer kostbaren Uhr mit goldenen Verzierungen und Säulen von Alabaster hatte sie nur eine gemeine hölzerne Wanduhr; allein sie ging sehr richtig, wurde fleißig aufgezogen, und was das Beste war, die Hausbewohner teilten ihre Geschäfte den Tag über genau nach dem Stundenschlag ein. Ein Spiegel fehlte gar; indes standen einige gute Bücher auf dem Brettchen oben an der Wand, in die sie fleißig hineinsahen, um die Gestalt der Seele wohl zu ordnen. Wilhelm las, besonders an den langen Winterabenden, während Sophie spann, daraus vor. Das gesponnene Garn hing Sophie an der Wand auf, damit sie sehe, wieviel ihr an der Aufgabe, die sie für jede Woche sich selbst machte, noch fehle, und damit sie bis zum Samstag desto sicherer fertig werde. Dieses Garn war ein Spiegel von Sophies Fleiß und brachte mehr Nutzen im Hause als der prächtigste Spiegel in goldenem Rahmen. Anstatt der Gemälde erblickte man nur einen kleinen Schattenriss von Wilhelms Vater, der sie an die Tugenden des recht-schaffenen Mannes erinnerte. Das ganze Stübchen war immer höchst reinlich; Sophie duldete nirgends ein Stäubchen, und der Kehrwisch hatte immer sein bestimmtes Plätzchen an einem Nagel, um sogleich bei der Hand zu sein. Übrigens hatte Wilhelm immer einige Blumen-geschirre mit blühenden oder grünenden Gewächsen in dem Stübchen stehen, die einen lieblicheren Anblick gewährten als in manchem Staatszimmer die gemalten Blumen auf den Tapeten und die kostbar-sten Möbel, die nur zum Prunk dienen.

Ihren Kramladen versahen Wilhelm und Sophie mit guten und schönen Waren, und da beide jedermann freundlich begegneten, ihre vorzüglich guten Waren zu billigen Preisen verkauften, in Maß und Gewicht immer lieber etwas mehr als weniger gaben und den Leuten, besonders den Kindern, fast immer noch etwas in den Kauf schenkten, so bekamen sie großen Zulauf. Sie überzeugten sich, dass die Redlich-keit am längsten währe und dass ein kleiner, oft wiederholter Gewinn sicherer nähre als ein großer, übermäßiger Vorteil, bei dem man auf einmal reich zu werden gedenkt, der aber um das Zutrauen und in üblen Ruf bringt und deshalb nicht leicht wiederkommt.

Wilhelm und Sophie fühlten sich nach den mancherlei Leiden und Beschwerden, die ihnen Wilhelms Sturz vom Baum, der Verlust des Dienstes, das Bauen, das Aus- und Einziehn verursacht hatten, wieder sehr glücklich. Sie konnten Gott nicht genug danken, dass er sie mit ihren zwei Kindern wieder in gute Umstände versetzt habe. Obwohl sie von ihrem Fenster aus das herrschaftliche Schloss, aus dem sie verstoßen worden, immer vor Augen sahen, so sehnten sie sich doch gar nicht dahin zurück. Eintracht und Frieden, Freude an ihren Kindern, stete Beschäftigung und Genügsamkeit machen ihnen ihr kleines Wohnhaus mit dem Gärtchen daran zum Paradies.

8. Das Gebet in der Not

Auf Erden gibt es kein ungestörtes Glück; es ist da ein beständiger Wechsel von Leid und Freud. Dies erfuhren Wilhelm und Sophie bald wieder aufs neue. Ehe ein Jahr verging, erscholl plötzlich in dem Dorf die Nachricht, der Kaufmann in der Stadt, bei dem Sophies Geld angelegt war, habe aufgehört zu zahlen, und die ganze Summe sei verloren. Der Bauer, von dem Wilhelm und Sophie die tausend Taler entlehnt hatten, war wohl sehr dienstfertig – allein nur, wo Geld zu gewinnen war. Seine Dienstfertigkeit rührte nicht von Menschenliebe, sondern nur von Eigennutz her. Sobald er vernahm, Sophies Kapital in der Stadt sei verloren, kam er wie rasend in ihr Haus und forderte auf der Stelle seine tausend Taler. Wilhelm und Sophie erboten sich, ihm Haus und Garten nebst dem Kramladen zu verschreiben. Allein der Bauer behauptete, das alles gewähre ihm keine hinreichende Sicherheit. Er schimpfte und fluchte fürchterlich über Wilhelm und Sophie, obwohl sie an dem Verlust ihres Vermögens unschuldig und ohnehin äußerst bestürzt waren. Er kündete ihnen an, wenn sie ihn nicht auf den bestimmten Tag bezahlen würden, so werde er ihnen ohne weiteres Haus und Hausgeräte und alle Waren im Laden, ja sogar die Betten verkaufen lassen. Dabei schlug er auf den Tisch und schäumte vor Wut.

Nun waren für Wilhelm und Sophie sehr traurige, kummervolle Tage angebrochen. Beide waren tief betrübt. Es waren kaum mehr drei Wochen bis zu dem Tag, und nirgends wussten sie so viel Geld aufzutreiben. Sie vertrauten indes auf Gott, wiewohl sie nicht sahen, wie ihnen könnte geholfen werden. Sie beteten ohne Unterlass. Sophie fühlte bei ihrer Liebe zu ihrem Mann und ihren Kindern den größten Kummer; ihr Herz war voll unbeschreiblicher Bangigkeit. Allein sie fühlte auch das größte Vertrauen auf Gott. Am Abend vor dem Tag, an dem sie bezahlen sollten, ging sie hinauf in ein kleines Kämmerlein unter dem Dach, um da ungesehen von Mann und Kindern zu weinen. Sie fasste in der Angst ihres Herzens das kleine, hölzerne Kreuz, das teure Andenken von den Leiden, der Geduld und dem frommen Vertrauen ihrer seligen Frau, fest zwischen ihre gefalteten Hände. Sie kniete nieder und fing an zu beten: »Oh mein göttlicher Erlöser, wie bin ich in so großen Nöten! Ach, es ist mir gar nicht um mich! Es ist mir nur um meinen Mann und um meine Kinder! Ach, wie wird es den armen Kleinen gehen! Mein Mutterherz möchte mir zerspringen, wenn ich daran denke. Nicht für mich, nur für sie flehe ich! Wie du in deiner Todesangst zu deinem himmlischen Vater flehtest, so flehe ich jetzt auch: Vater, wenn's möglich ist, so nimm diesen Kelch von mir – doch nicht mein Wille geschehe, sondern der deine!«

Sie schwieg und weinte wieder – und das Kreuz in ihren Händen wurde ganz nass von Tränen. »Ach«, sagte sie, »mir bricht der Jammer meiner Kinder mein Mutterherz! Aber dein Vaterherz, lieber Vater im Himmel, ist ja noch unendlich liebevoller! Oh höre mich! Erbarme dich meiner und meiner Kinder! Wenn auch eine Mutter ihrer Kinder vergessen könnte, so willst du doch unser nicht vergessen. Das hast du ja selbst gesagt! Oh beweise nun deine Vaterbarmherzigkeit!«

Sie blickte wieder schmerzlich weinend auf das Kreuz, das sie zwischen ihren festgefalteten Händen hielt, und sprach: »Oh du mein liebreichster Erlöser! Wie du vom Kreuz auf deine heilige Mutter herabblicktest – so blicke jetzt vom Himmel auf eine arme, sündige Mutter herab, die in ihrem Jammer vergeht. Ja, du bist allen nahe, die eines zerschlagenen Herzens sind! Oh gieße Trost in mein Herz und hilf mir! Schon in meiner Kindheit, da ich als eine arme, vater- und mutterlose Waise nicht wusste, wohin, und in meiner großen Not und Verlassenheit dort in deinem Tempel zu dir flehte, hast du mein Flehen wunderbar erhört. Oh erhöre mich auch jetzt!«

Nachdem sie lange auf diese und ähnliche Art gebetet hatte – sieh, da war es ihr auf einmal so unbeschreiblich leicht und wohl um das

Herz wie damals, als sie nach dem Tod ihrer Mutter dort in der Hauptkirche der Stadt an dem Altar gekniet hatte. Sie gedachte der Worte des ehrwürdigen Stadtpfarrers, die er ihr damals beim Abschied gesagt hatte: Gott werde allzeit ihr treuer Helfer sein, wie er ihr in jener Not geholfen habe. Getrost und gestärkt im Vertrauen auf Gott stand sie auch jetzt auf, nicht mehr mit Tränen des Jammers in den Augen, sondern mit süßen Tränen inniger Tröstung.

Sie wollte nun das kleine Kreuz wieder an Ort und Stelle bringen. Da bemerkte sie, dass an der Rückseite des Kreuzes ein kleines Stückchen Holz los geworden war und eben jetzt auf den Boden herabfiel. Das hölzerne Kreuz war ehemals etwas beschädigt und wieder geleimt worden. Allein von ihren reichlichen Tränen und der Wärme ihrer Hände ward der Leim aufgeweicht. Sie trat an das kleine Kammerfenster, durch das die Abendsonne hereinschien, und wollte nachsehen, wie der Schaden wieder zu verbessern sei. Aber sieh – da glänzte aus dem Kreuz ein blendendheller Lichtstrahl hervor! Sophie erschrak. Sie untersuchte das Kreuz genauer und fand, dass es innen hohl und etwas Glänzendes darin verborgen sei. Sie entdeckte, dass an der Rückseite des Kreuzes kleine Schieber angebracht, aber so kunstreich und genau eingefügt waren, dass man sie bloß für eingelegte Arbeit hielt. Mit einiger Anstrengung gelang es ihr, die Schieber herauszuziehen, und sie erblickte nun in dem hölzernen Kreuz, das mit rotem Sammet ausgefüttert war, ein Kreuz von Diamanten, die in Gold gefasst waren.

Sie nahm das Diamantenkreuz heraus; sie betrachtete es näher. Es funkelte an der Abendsonne mit einer Klarheit, einem abwechselnden Farbenglanz, dass es die Augen kaum ertragen konnten. Sie hatte bei ihrer gnädigen Frau öfter Diamanten gesehen; sie hielt die Steine für echt. Sie fiel aufs neue, in Tränen ausbrechend, auf die Knie. »Oh du lieber, guter Gott!« rief sie, »Da hast du ja mein Gebet abermals auf der Stelle erhört. Oh, nimm diese meine Tränen als ein Opfer des Dankes gnädig auf! Du hast es mir aufs neue bewährt: Wer dir, du lieber Gott, vertraut, der hat auf keinen Sand gebaut.«

9. Freuden nach Leiden

Während Sophie droben in ihrem Dachkämmerlein betete, saß Wilhelm in der unteren Stube traurig auf der Bank. Der Gedanke, mit seinen Kindern aus dem Haus vertrieben zu werden, war ihm schrecklich. Es war ihm ganz unbeschreiblich bange. Die Bangigkeit machte ihm so heiß, dass er ein Fenster öffnen musste. Er ließ seinen Tränen, die er vor seiner guten Sophie immer zurückgehalten hatte, jetzt freien Lauf. Er flehte inbrünstig zu Gott um Hilfe.

Die zwei Kinder spielten in der Stube und schienen nicht auf den Vater zu achten. Allein der kleine Fritz bemerkte dennoch, dass der Vater weine. Er sprang eilends herbei, ließ sein Spielzeug, ein kleines Wägelein, auf halbem Weg umgestürzt liegen und fragte voll Mitleid: »Vater, warum weinst du?«

»Lieber Fritz«, sprach der Vater, »du weißt ja, unser Nachbar, der Kaspar, will uns aus unserm Haus vertreiben und das Haus und alles, was wir haben, anderen Leuten verkaufen. Du hast ja neulich gesehen und gehört, wie zornig er gewesen. Er will uns zwingen, dass wir von hier fortziehen und betteln gehen. Hilf mir doch, den lieben Gott bitten, dass er dieses nicht zugebe.«

Der gute Fritz fing an, bitterlich zu weinen, legte die kleinen Händchen zusammen, blickte andächtig zum Himmel und sagte: »Lieber Vater im Himmel! Der böse Kaspar will uns das Haus nehmen. Leid' es doch nicht, ich bitte dich darum!«

Als die kleine Therese dieses hörte und ihr Brüderlein so herzlich weinen sah und dem Vater in die nassen Augen blickte, fing auch sie laut an zu weinen und zu schreien. Der Vater hob das gute Kind auf seinen Schoß, um es zu trösten. Allein das Kind schlug immer die kleinen Händchen zusammen und rief mehrmals: »Lieber Gott! Bitte, bitte! Hilf, hilf!«

Der Vater hatte neben seinem Gartenmesser auf dem Fenstergesims einen Apfel liegen, den er den Kindern hatte austeilen wollen. Er nahm jetzt geschwind den Apfel und gab ihn dem weinenden Kind, um es zum Schweigen zu bringen. Und Fritz sagte voll Mitleid: »Sei doch nur still, liebe Therese; dann lass ich den ganzen Apfel dir allein! Weine nicht mehr«, sagte er, selbst noch weinend, »und glaube mir, der liebe Gott hilft gewiss.« Der Vater aber sprach mit einem schmerzlichen Blick zum Himmel: »Sieh diese Kinder an, lieber Gott, und erbarme dich ihrer!«

In diesem Augenblick trat die Mutter mit dem Kreuz in der Hand herein und rief voll der höchsten Freude: »Nun hat Gott geholfen: Helft mir alle ihm danken!« Sie zeigte ihrem Mann das hölzerne Kreuz, in dem das Diamantkreuz lag, offen hin, und erzählte ihm, wie sie den verborgenen Schatz eben jetzt erst entdeckt hatte.

Wilhelm warf einen Blick auf die funkelnden Steine, sank auf die Knie, schlug die Hände zusammen und rief laut aus: »Oh Gott, welche wunderbare Rettung! Das Kreuz ist von großem Wert. Wir können nun unsere Schuld bezahlen und brauchen mit unsern Kindern nicht zu betteln!«

Der kleine Fritz, der das hölzerne Kreuz, das ihm wohl bekannt war, nur von unten auf sah und nichts besonders daran bemerken konnte, streckte die kleine Hand empor und rief: »Ei wie, liebe Mutter, lass mich das Kreuz doch näher besehen! Ich begreife ja gar nichts davon, warum ihr beide, du und der Vater, Euch so wundert und Euch so freut.« Sie zeigte ihm das Diamantkreuz und sagte ihm, dass diese schimmernden Steine wohl mehr als tausend Taler wert seien. »Hm«, sagte der Fritz, »diese blitzenden Dingerchen gefallen mir nicht übel; aber zu was kann man sie denn brauchen?« Die Mutter sagte ihm, diese edlen Steine seien, da sie gar so schön glänzen, eigentlich nur zum Anschauen. »Ei«, rief Fritz, »da werden die Leute wohl schwerlich soviel Geld dafür geben! Die kleinen Sternlein glänzten wohl recht schön; aber doch nicht schöner als die Tautröpflein, die man jeden Morgen zu tausend an Gras und Blumen umsonst sehen kann.« Die kleine Therese wäre indessen doch geneigt gewesen, ihren schönen, roten Apfel, den sie noch in der Hand hielt, für das funkelnde Kreuz zu geben, wenn sie es hätte aushängen dürfen.

Der Vater, der sich von seinem Erstaunen kaum erholen konnte, sprach jetzt, indem er in Freudentränen ausbrach: »Oh meine lieben Kinder, Ihr begreift freilich noch nicht, was für eine große Wohltat Euch Gott erwiesen hat. Allein glaubt mir, von dem Geld, das ich für die Edelsteine bekommen werde, kann ich den Nachbar bezahlen. Wir dürfen nun wieder in unserem Haus bleiben, unseren Garten und alles, was wir haben, behalten.« – »Ei«, rief Fritz, »so haben wir zu dem lieben Gott doch nicht umsonst gebetet. Er ist doch recht gut, dass er uns gleich geholfen hat.« – »Das ist er«, sprach der Vater, »darum lasst uns ihm danken.«

Beide Eltern dankten Gott mit gefalteten Händen und blickten mit tränenvollen Augen zum Himmel. Auch die Kinder falteten die zarten Händchen und weinten vor Freude. Und diese Tränen, womit Eltern und Kinder Gott dankten, hatten vor ihm einen größeren Wert als die kostbarsten Diamanten in den Augen der Welt.

10. Segen des Leidens

Mit Anbruch des folgenden Tages reiste Sophie in die Stadt. Vor allem sprach sie mit dem edlen Stadtpfarrer, zu dem sie schon als Kind das ehrerbietige Vertrauen gefühlt hatte. Er war nunmehr ein ehrwürdiger, allgemein geschätzter Greis mit schneeweißen Haaren. Sie zeigte ihm das Kreuz und erzählte ihm die Geschichte. »So«, sagte sie am Ende der Erzählung, »sind die Worte, die Sie mir als einem Kind vor etlichen und zwanzig Jahren zum Abschied gesagt haben, in Erfüllung gegangen: ›Bete in Leiden und Trübsalen mit kindlichem Vertrauen zu Gott, und er wird allezeit dein treuer Helfer sein.‹«

»Habt ihr diese Worte nicht vergessen?« sagte der gerührte Greis freundlich. »Das ist schön. Ihr seht nun, dass ich die Wahrheit gesprochen. Ja, Gott ist ein treuer Helfer in der Not! Niemand steht umsonst zu ihm. Zwar hilft Gott nicht immer so schnell und augenscheinlich, wie er Euch geholfen hat. Eure Rettung aus der Not gehört unter die seltenen Begebenheiten. Allein das bleibt immer gewiss: ›Wer Gott vertraut, den verlässt er nicht.‹ Gott gibt ihm Trost in das Herz, steht ihm bei, dass er dem Leiden nicht unterliege, lenkt ihm das Leiden zum Besten und führt es zu einem fröhlichen Ende. Das habt Ihr öfter erfahren. Von Eurer Kindheit an bis zu dieser Stunde hat er als ein treuer Vater für Euch gesorgt und Euch geholfen. Bleibt daher auch fernerhin unerschütterlich fest im Glauben an Gott und seinen geliebten Sohn, vollbringt Gottes heiligen Willen, vertraut in allen Leiden auf ihn, erzieht Eure Kinder in eben diesem beseligenden Glauben, und Gott wird ferner mit Euch und Euren Kindern sein und Euch alle auch ferner aus allen Nöten erretten, bis er einst jede Not enden und Euch in seine Freude dort oben heimnehmen wird.«

Sophie hatte nun noch eine große Bedenklichkeit, die ihr schwer auf dem Herzen lag. Sie war vorzüglich deshalb zu dem einsichtsvollen, frommen Greis gekommen, um mit ihm darüber zu sprechen. »Kann ich«, sprach sie, »das kostbare Kreuz als mein Eigentum betrachten, und begehe ich an den Erben der Frau von Linden kein Unrecht, wenn ich es behalte und zu meinem Zweck verwende? Ach, es ist von größerem Wert als alles andere, was die gute Frau an Kostbarkeiten hinterlassen hat!«

Der edle Pfarrer sprach: »Das Kreuz ist Euer! Die selige Frau von Linden wusste zwar vielleicht selbst nicht, was für Kostbarkeiten in diesem alten Familienerbstück verborgen seien. Wahrscheinlich ist es von einem Onkel, der eine hohe kirchliche Würde bekleidete, an sie gekommen. Indes war zuverlässig ihre letzte Willensmeinung, Euch das kostbarste Stück aus ihrem Schmuck zu vermachen. Aus Liebe zum Frieden, aus frommer Zufriedenheit mit wenigem, habt Ihr bloß dieses geringe Kreuz von Holz gewählt, das Euch gar wenig Geldwert zu haben schien. Allein Gott hat Eure Wahl gesegnet, und unter seiner Leitung ist Euch doch noch das beste Stück aus den Kostbarkeiten der seligen Frau – wie das auch ihr Wille war – zuteil geworden. Gott hat Euch mit dem Kreuz einen geheimen Schatz gegeben. Die Diamanten sind sehr groß; das Kreuz kann zwei- bis dreitausend Taler wert sein. Nehmt das Diamantkreuz von Gott, verkauft es, steuert mit einem Teil des Geldes Eurer gegenwärtigen Not, legt das Übrige als einen Notpfennig zurück und genießt Eures Glückes mit Freude, mit Mäßigkeit und Dank gegen Gott! Das hölzerne Kreuz aber bewahrt auf, als ein teures Andenken für Kinder und Kindeskinder, an Eure Wohltäterin, die fromme Frau von Linden, und noch mehr an die große Wohltat, die Gott Euch erwiesen hat.«

Der fromme Greis legte das Diamantenkreuz in das hölzerne Behältnis, schob die Schieber wieder zu und sprach: »Wer sähe es diesem armen Holz an, was für reiche Kostbarkeiten es in sich enthalte? Allein glaubt mir: Wie mit diesem Kreuz hier, so ist es mit jedem Leiden hier, das wir Christen sehr schön und sinnvoll ein Kreuz nennen. Von außen gleicht das Leiden diesem schlechten Holz, innen aber enthält es einen großen Schatz, der mehr wert ist als Gold und Edelsteine. Denn Kreuz und Leiden führen uns näher zu Gott, lehren uns die Nichtigkeit irdischer Dinge einsehen, reinigen uns von Schwachheiten und Unvollkommenheiten, üben uns im Vertrauen auf Gott, in der Geduld, in der Demut, und machen uns erst himmlischer Freude fähig. Daran denkt bei allen Leiden, und haltet es für kein Unglück, sondern für lauter Glück und Segen, wenn Gott Euch mit Leiden heimsucht. Denn es wird die Stunde kommen, wo die rauhe Hülle, die solche Schätze umschließt, abfallen und der reinste Gewinn, schätzbarer als Gold und Edelstein, erscheinen wird. Und geschieht dies nicht immer hier auf Erden, so werdet Ihr doch dort in jenem Leben inne werden, dass jedes Leiden eine geheime, unaussprechlich große Wohltat Gottes war, die uns reich macht für die Ewigkeit und uns dann noch Freude gewährt, wenn die Welt längst vom Feuer verzehrt und alle ihre Herrlichkeit, nebst allem Gold und Edelgestein, Staub und Asche sein wird.«

Der ehrwürdige Stadtpfarrer kannte in der Stadt einen Juwelenhändler, der ein guter Freund von ihm und ein sehr rechtlicher Mann war. Da der alte geistliche Herr nicht gut zu Fuß war, so schickte er hin und ließ ihn bitten, auf einige Augenblicke in das Pfarrhaus zu kommen. Der Juwelier, dessen Handel in Edelsteinen sehr stark war, kam sogleich, besah das Diamantkreuz sehr genau und erklärte, er wolle dreitausend Taler dafür bezahlen – eintausend Taler sogleich, die übrigen aber in Fristen. Sophie war darüber hoch erfreut, begab sich am folgenden Tag zur bestimmten Stunde in das Haus des Juweliers und nahm das Geld in Empfang.

Sophie machte übrigens aus der Geschichte ganz und gar kein Geheimnis; die Nachricht davon erfüllte bald die Stadt und kam auch den Anverwandten der Frau von Linden, die in der Stadt wohnten, zu Ohren. Sie liefen augenblicklich zusammen, hielten Rat und beschlossen einmütig, Sophie vor Gericht zu verklagen, um den gefundenen Schatz an sich zu bringen. »Denn«, sagten sie, »es wäre ja Unsinn, eine Bettlerin, wie diese Sophie ist, ein Diamantkreuz von dreitausend Talern im Wert zum Andenken zu geben. Tolleres könnte man sich gar nichts denken.«

Da trat auf einmal der alte Herr von Hagen herein, fragte, was sie beschlossen hätten, und sprach dann mit großem Nachdruck, indem er mit seinem Krückenstock öfter auf den Boden stieß: »Bleibt mit Eurer Klage zu Hause – und seid froh, wenn niemand weiters von der Sache spricht. Und wenn Eure Erbitterung Euch nicht aller Vernunft beraubt hat, ein vernünftiges Wort zu hören, so höret, was ich Euch jetzt sagen will. Wenn damals bei der Erbteilung es Euch allen bekannt gewesen wäre, was für einen kostbaren Schatz das von Euch verachtete hölzerne Kreuz enthalte, und wenn die gute Sophie dann darauf bestanden wäre, das kostbare Kreuz von Diamanten auszuwählen, so hättet Ihr geldhungrigen Leute kraft des Testaments es müssen geschehen lassen und mit Grund nichts dagegen einwenden können. Was damals trotz allen Widerspruchs gegolten hätte, das gilt ebenso unwidersprechlich auch jetzt. Gebt Euch daher zufrieden. Übrigens geschieht es Euch recht, dass Ihr um diesen herrlichen Fund gekommen seid. Euer Mangel an Frömmigkeit, Eure geringe Ehrfurcht gegen die Selige von Linden und Eure Hartherzigkeit gegen eine arme Waise ist schuld daran. Ihr habt immer über Sophies hölzerne Wahl, wie Ihr spottweise zu sagen beliebtet, gelacht; nun seid Ihr dafür bestraft, und die Reihe, verlacht zu werden, ist an Euch. Behaltet also Eure Klage zurück, um Euch nicht noch mehr zum Gespött und Gelächter der Menschen zu machen.« So ärgerlich sie waren, so mussten sie in ihrem Herzen ihm doch recht geben, und die Klage unterblieb.

Sophie aber begab sich, ehe sie mit ihrem Geld nach Hause reiste, zuvor noch in jene Kapelle der Hauptkirche, in der ihr kindliches Gebet vor mehr als zwanzig Jahren so wunderbar, wie späterhin in ihrem Dachkämmerlein, erhört wurde, und sie dankte noch einmal innig dem guten, treuen Gott, der die Seinen, die auf ihn vertrauen und ihm gehorchen, niemals verlässt.

Erzählungen aus dem Biedermeier

Biedermeier - das klingt in heutigen Ohren nach langweiligem Spießertum, nach geschmacklosen rosa Teetässchen in Wohnzimmern, die aussehen wie Puppenstuben und in denen es irgendwie nach »Omma« riecht.

Zu Recht. Aber nicht nur.

Biedermeier ist auch die Zeit einer zarten Literatur der Flucht ins Idyll, des Rückzuges ins private Glück und der Tugenden. Die Menschen im Europa nach Napoleon hatten die Nase voll von großen neuen Ideen, das aufstrebende Bürgertum forderte und entwickelte eine eigene Kunst und Kultur für sich, die unabhängig von feudaler Großmannssucht bestehen sollte.

Georg Büchner Lenz **Karl Gutzkow** Wally, die Zweiflerin **Annette von Droste-Hülshoff** Die Judenbuche **Friedrich Hebbel** Matteo **Jeremias Gotthelf** Elsi, die seltsame Magd **Georg Weerth** Fragment eines Romans **Franz Grillparzer** Der arme Spielmann **Eduard Mörike** Mozart auf der Reise nach Prag **Berthold Auerbach** Der Viereckig oder die amerikanische Kiste

ISBN 978-3-8430-1884-5, 444 Seiten, 29,80 €

Erzählungen aus dem Biedermeier II

Annette von Droste-Hülshoff Ledwina **Franz Grillparzer** Das Kloster bei Sendomir **Friedrich Hebbel** Schnock **Eduard Mörike** Der Schatz **Georg Weerth** Leben und Taten des berühmten Ritters Schnapphahnski **Jeremias Gotthelf** Das Erdbeerimareili **Berthold Auerbach** Lucifer

ISBN 978-3-8430-1885-2, 440 Seiten, 29,80 €

Erzählungen aus dem Biedermeier III

Eduard Mörike Lucie Gelmeroth **Annette von Droste-Hülshoff** Westfälische Schilderungen **Annette von Droste-Hülshoff** Bei uns zulande auf dem Lande **Berthold Auerbach** Brosi und Moni **Jeremias Gotthelf** Die schwarze Spinne **Friedrich Hebbel** Anna **Friedrich Hebbel** Die Kuh **Jeremias Gotthelf** Barthli der Korber **Berthold Auerbach** Barfüßele

ISBN 978-3-8430-1886-9, 452 Seiten, 29,80 €

Karl-Maria Guth (Hg.)

Erzählungen der Frühromantik

HOFENBERG

Karl-Maria Guth (Hg.)

Erzählungen der Hochromantik

HOFENBERG

Karl-Maria Guth (Hg.)

Erzählungen der Spätromantik

HOFENBERG

Erzählungen der Frühromantik

1799 schreibt Novalis seinen Heinrich von Ofterdingen und schafft mit der blauen Blume, nach der der Jüngling sich sehnt, das Symbol einer der wirkungsmächtigsten Epochen unseres Kulturkreises. Ricarda Huch wird dazu viel später bemerken: »Die blaue Blume ist aber das, was jeder sucht, ohne es selbst zu wissen, nenne man es nun Gott, Ewigkeit oder Liebe.«

Tieck Peter Lebrecht **Günderrode** Geschichte eines Braminen **Novalis** Heinrich von Ofterdingen **Schlegel** Lucinde **Jean Paul** Des Luftschiffers Giannozzo Seebuch **Novalis** Die Lehrlinge zu Sais
ISBN 978-3-8430-1878-4, 416 Seiten, 29,80 €

Erzählungen der Hochromantik

Zwischen 1804 und 1815 ist Heidelberg das intellektuelle Zentrum einer Bewegung, die sich von dort aus in der Welt verbreitet. Individuelles Erleben von Idylle und Harmonie, die Innerlichkeit der Seele sind die zentralen Themen der Hochromantik als Gegenbewegung zur von der Antike inspirierten Klassik und der vernunftgetriebenen Aufklärung.

Chamisso Adelberts Fabel **Jean Paul** Des Feldpredigers Schmelzle Reise nach Flätz **Brentano** Aus der Chronika eines fahrenden Schülers **Motte Fouqué** Undine **Arnim** Isabella von Ägypten **Chamisso** Peter Schlemihls wundersame Geschichte **Hoffmann** Der Sandmann **Hoffmann** Der goldne Topf
ISBN 978-3-8430-1879-1, 408 Seiten, 29,80 €

Erzählungen der Spätromantik

Im nach dem Wiener Kongress neugeordneten Europa entsteht seit 1815 große Literatur der Sehnsucht und der Melancholie. Die Schattenseiten der menschlichen Seele, Leidenschaft und die Hinwendung zum Religiösen sind die Themen der Spätromantik.

Brentano Die drei Nüsse **Brentano** Geschichte vom braven Kasperl und dem schönen Annerl **Hoffmann** Das steinerne Herz **Eichendorff** Das Marmorbild **Arnim** Die Majoratsherren **Hoffmann** Das Fräulein von Scuderi **Tieck** Die Gemälde **Hauff** Phantasien im Bremer Ratskeller **Hauff** Jud Süss **Eichendorff** Viel Lärmen um Nichts **Eichendorff** Die Glücksritter
ISBN 978-3-8430-1880-7, 440 Seiten, 29,80 €